Kamisama no Jusho

九螺ささら

Kura Sasara

朝日出版社

体から心があふれている、すべての人に

目次

本書の楽しみ方

テーマに応じた短歌を冒頭にして、その短歌についての解説とも読めるような散文、そして最後にまた短歌、という項目が全部で84ほど収録されています。

最初から読んでも、どこから読んでもかまいません。

気になったページを、まずは開いてみてください。

神様の住所

1 体と心

なぜだろう三十二日梨だけを食べているのに梨にならない

なぜコアラは、ユーカリしか食べないのに、ユーカリにならずにコアラなんだろう。

なぜパンダは、竹しか食べないのに、竹にならずにパンダなんだろう。

「食べなきゃだめ。だって人は、食べたもので出来てるんだから」

朝食の席で母が、どういう流れかそう言う。

(?)

止まった。

(え? 人は、食べたもので出来てるの? わたしも、食べたもので出来てるの? いま食べたこのトマトが、わたしの踝(くるぶし)になるの? このベーコンが、わたしの考えになるの? このピクルスが、わたしの心になるの?)

心って、物質だったの?という驚き。

心って、物でも形でもなく、変幻自在で誰にも作ることができなくて、だから神聖すぎる領域の核だと信仰していたというのに。

無宗教のわたしの、ほとんど宗教だったのに。
地動説の登場である。
食べたもので、心も出来るのか……。
やさしい心が欲しかった。
そのためには、やさしい心になるものを食べなければならなかった。
そんなスーパーフードとは……
マシュマロだろうか？
カボチャのポタージュだろうか？
ニンジンのタルトだろうか？

きよらかな思考を持ちし牛を食（は）みゆっくり人を愛し始める

2

さびしいから

さびしくて一個は二個になりましたそして細胞は孤独を失う

「さびしいから」は、すべての事象の理由だと思う。

さびしいから、人は胸にブローチを付ける。

さびしいから、人は素麺にかき揚げを、さらにその上に紅しょうがを、さらにその上に青海苔をかけて、クリスマス・イン・サマーしてしまう。

さびしいから、バレンタインにチョコを溶かし、また固めて誰かにあげてしまう。

さびしいから、ワインにゴルゴンゾーラを合わせる。

さびしいから、大江戸線に乗ってしまう。

さびしいから、チロルチョコの杏仁豆腐味を買ってしまう。

さびしいから、車の中にドリームキャッチャーをぶら下げてしまう。

さびしいから、一袋百円のきゅうりをぎゅうぎゅうに詰めて折ってしまう。

さびしいから、七五三でも芸人でもないのに蝶ネクタイを付けてしまう。

「来ちゃった」、と女子が彼の家を突然襲撃するのも、さびしいからである。

ただ怖いのは、「さびしいから」が理由の行為は後戻り不可能のワンウェイ、ということである。

細胞分裂しちゃったあげくの六十兆個の塊の成人を、元に戻すことはできない。

家に毎晩来るようになった彼女の習慣を、元に戻すことはできない。

食べて消化したクリスマス素麺は、もう血になってしまっている。

「さびしいから」はとても怖い。

実は、エゴの丸投げだからだ。

さびしいから神様が独りくしゃみしたそれがビッグバン有の始まり

3 魔法

「あぶらかだぶら、あぶらかだぶら」と唱えると脳内に見える中東の油田

マジックと魔法は違う。

イメージは似ているが、別物である。

マジックはテクニックで、必ずからくりがある。

一方、魔法は念力、あるいは「信じられないくらいの集中力」のことである。

ホスト・ホステスの口説きは、マジックである。

一方、本気の告白は魔法である。

「火事場の馬鹿力」という言葉がある。

「母ちゃん!!　一体どうしちゃったんだよ!?　なんで冷蔵庫と洗濯機を同時に背負えるんだよ!!」

それは母ちゃんが、火事場の馬鹿力という魔法を使ったからである。

車のハンドルの「あそび」のように、脳や体にも余力がある。

通常、脳も体もそのマックス能力の三割しか使われていないと聞いたことがある。

霊能者やオリンピック選手は、脳や体の八割くらいは使っているのかもしれない。
余力とは、いざというときのための非常食のようなものだ。
その非常事態に備えて、普段は安全運転、四十キロの法定速度で走っている。
しかし、いざとなったら鈴鹿サーキットでもないのに普通車で二百キロ超えである。
ただし「それ」をしたら、車も運転手も終わる。
問題は、いつが「それ」なのかということだ。
魔法は一人につき、一生に一回しか使えない。
「脳を百パーセント使うと神になってしまう」、と言う人もいる。

目を閉じる脳内が宇宙全体と一致して(たぶんわたし死んでる)

4 アナグラム

おかえりなさい、おさないえりか。おくりものはもりのおくです。

アナグラムの恐ろしいのは、「同じ音を含むものは同じ原素を含む。よって同じ音を含むものは同じ意味を持つ」というところである。

冒頭の歌で、「おかえりなさい」と「おさないえりか」、「おくりもの」と「もりのおく」はアナグラムであるが、この論でゆくと、「おかえりなさい」と「おさないえりか」、「おくりもの」と「もりのおく」は同じ原素を含んでいる。

有名な人名アナグラムに、ナイチンゲールがある。

あの、戦場の白衣の天使の本名のスペルは **Florence Nightingale** だが、これをバラして組み直すと **Flit on, cheering angel!**（あちこち飛び回れ、激励の天使！）となり、なんとこれだけでナイチンゲールの人生を語り尽くしている。

今は監督業で精力的に活動している元西部劇俳優のクリント・イーストウッド。彼の **Clint Eastwood** のスペルを解体して再編集すると、なんと **old west action**（古き西部のアクション）。もはやこれは、偶然の一致ではない……。

歌手のマドンナの本名は Madonna Louise Ciccone（マドンナ・ルイーズ・チッコーネ）だが、これも散らして集め直すと one cool dance musician（一人のかっこいいダンスミュージシャン）と、これまたマドンナそのもの、になってしまう。

ザ・ハリウッドスターのトム・クルーズ。Tom Cruise を再構築すると So I'm cuter!（だから、僕のほうがかわいいんだってば！）と、これもトムっぽくなる……。

これらの例は、「同じ音を含むものは同じ原素を含む。よって同じ音を含むものは同じ意味を持つ」ことの証明ではないだろうか。「listen」（聴く）と「silent」（静かな）、「dog」（犬）と「god」（神）、「未来」と「ミイラ」もアナグラムである。

それから、日本人の心「いろは歌」は、「五十音」の巨大アナグラムである。

仕方ない硬い梨だからと食べずに眠れない群れないね羊

「しかたない」と「かたいなし」、「ねむれない」と「むれないね」がアナグラム

5 絵画

母曰く「遠くの山は紫で、近くの山は緑色で描く」

冒頭の歌の「　」内の母の発言は、いわゆる「空気遠近法」のことなのだが、一般セオリーが「遠くほど青みがける」に対して、母セオリーは「遠くほど赤みも入った紫めかす」である。

母の発言どおりに山を描いてゆくと、なぜか「赤とんぼ」の出だしの夕やけ小やけムード漂う風景となる。

小学生時代の夏休みは毎年家族でキャンプに行った。

現地に着くと、運転で徹夜だったはずの父が、組み立てたばかりのテントで寝ようとするわたしを呼ぶ。

「いい天気だから絵を描け」

行くしかない。

現場には母もスタンバっていて、

「遠くの山は紫で、近くの山は緑色で」

と呪文のように言う。

描くしかない。

しかし、ちょうど筆が乗ってきたところで、

「だめだ、人間が描けてない」

と父が言う。

当たり前だ。わたしは山を描いていたのだから。

「絵っていうのは、人を生き生きと描かなくてはならない」

孔子のごとく、父は言う。

父はわたしを、キャンプ場の共同炊事場に連れて行った。

そこでは七、八人が米を研いだり野菜を洗ったりしている。

「あれを描け、クレヨンで描け」

父は言った。

その絵は、夏休み明けに市長賞を取った。

わたしは中学で美術部に入り、文化祭に、写真で見たセーヌ川沿いのノートルダム大聖堂を油絵の具で描いて出した。

それを見た父はまた、

「だめだ、人間が描けてない」

と言った。

ブレない父を、わたしは信頼している。


点描絵のスーラの筆致ちかづくとひとつ、ひとつが未知の昆虫

6 ゲシュタルト崩壊

回回回回回と書くじわじわとラーメン食べたい中華鉢模様

ゲシュタルト崩壊とは、たとえば「あ」という字を見続けていて、ある瞬間に（「あ」ってこんな字だったっけ……）と感じるような現象である。

文字や形の持つ意味がテトリスのごとく崩壊消滅してゆく。

風邪もゲシュタルト崩壊のひとつである。

日常や習慣が崩壊してゆく。

体の、特に内部の確かさが崩壊してゆく。

どこからどこまでが自分で、どこからが外部なのか分からなくなる。

免疫とは、崩壊を防ぐ自己統一感なのだ。

思春期は橋を渡って別の意味世界へ行く時期だから、崩壊が頻出する。

ええ!?　お父さんが男？

で、お母さんが女で、二人は元恋人同士!?

家庭ゲシュタルト崩壊である。

ひとつの恋愛が終わるのも、妄想ゲシュタルト崩壊である。

あんなに愛おしかった世界一大事なぬいぐるみが、薄汚れたただの布の塊へと降格
してゆく。

季節の変わり目にも、この崩壊が起きている。

公害なほどうるさかった迷惑ヘルツな蝉時雨(せみしぐれ)が、懐かしい夏の思い出になる。

世界がゲシュタルト崩壊すると、わたしは眠る。

夢の中は常にあたたかな湖だから、この現象を免れる。

ゲシュタルト崩壊は、液体には起こらないのだ。


全身の鍵がひとつずつ開けられてみずたまりとなり夜に落ちてる

徹子の部屋の窓から見えてたえいえんみたいな二個目の太陽

7

黒柳徹子

気づいたときには、黒柳徹子は黒柳徹子であった。

「パンダ博士」を名乗ったり「トットちゃん」と呼ばれたりしても、それは束の間の模様替えのようなもので、黒柳徹子は「黒柳徹子」以外では形容できない黒柳徹子である。

『徹子の部屋』を見ていると、徹子の部屋の住人になってしまう。

番組は平日の昼に放送されていたから、夏休みには毎日住人だった。

当時の自分の部屋のことはすっかり忘れているが、徹子の部屋の中は番組をまったく見なくなった今でもよく覚えている。

わたしは、徹子の部屋の壁に飾られた絵に目が釘づけだった。

(「あの人」は一体、誰なんだろう……？)

「あの人」とは、カシニョールの絵に描かれた、つば広の白い帽子をかぶった大人の妖精みたいな女の人のことである。

その人の後ろには、白樺が何本も何本も奥のほうまで立っていて……。

番組の時間が終わると、毎回せつない。

「徹子の部屋」とは、みんなの体のランゲルハンス島のような、現代人のオアシスであり、蜃気楼（しんきろう）である。

実は黒柳徹子は「徹子の部屋」に住んではいないし、あの部屋を照らしている光も、現実の太陽ではない。

けれど、夢の中の白樺林を通り抜け、つる薔薇（ばら）で縁取られた扉を開けると……。

えいえんの黒柳徹子が、つば広の白い帽子の大人の妖精とおしゃべりを続けている。

窓の外には、偽物みたいな太陽。


こんにちは黒柳徹子こんにちはえいえんの続きごっこしませう

耳たぶのやわらかさになるまでこねてキツネ色になるまで焼いて食べて

レシピとは、エンドレスの丁寧な命令文である。

だからなのか、レシピを読み続けていると、神経がどこかイラついてくる。

命令とは、動詞でするものである。

だから、動詞を使わずにレシピは作れない。

ためしに、オムレツのレシピを動詞なしで作ってみよう。

〈四人分〉卵四個を……。フライパンに卵液を……。

オムレツは永遠に出来上がらない。

冒頭の短歌には「なる」「こね（て）」「なる」「焼い（て）」「食べ（て）」と、動詞が五つも出てくる。

三十一文字のうちに、である。

短歌の作り方の定説として、「動詞は少ないほうがいい」というものがある。

明け方の新聞配達のバイクのエンジン音の近きが遠く

右の即席の短歌には動詞がないが、バイクは動いた。
しかしこれは、バイクの動きを表す動詞「走る」の省略が暗黙に了解されるためだ。

ゆっくりとだんだんとぽっかりとはやくひたひたとぞくぞくと神妙に

今度は副詞と形容詞のみで作ってみたが、状態と形容だけでは何も見えない。
やはり、名詞と動詞は文の顔と体で、その二つなしでは正体不明になってしまう。
冒頭のレシピの歌は、性愛の歌にも読める。
性愛とは、シュガーコーティングした命令だ。

レシピには〈巻き込みなさい何もかもこの世は束の間の春巻きだから〉

9 地図

地図上の果樹園の記号その中に世界の電源ひとつ混じりぬ

グーグルアース上の「無人島」に人が映っていて、そこは有人島であることが分かったという。

地図とは、暫定的な共有イメージである。

よく見慣れた日本地図が上下左右逆になっていて、北海道が本州の下に集合写真の欠席者扱いのごとく配置されている「地図」を見たことがあるが、酔った。

見慣れているメルカトル図法は緯度と経度が垂直に交わっている。

航海のための地図だからなのだが、結果、北極と南極に近くなるほど面積が水増しされる。

グリーンランドは「あれほど」広くはない。

「(風のない)真空に旗が揺れている」ことから、人類初の月面着陸はアメリカによる捏造映像ではないかという疑いが、あったらしい。

本当は、地図に示された地上など、存在しないのかもしれない。

ただの人類の脳内共有イメージ、なのかもしれない。

本当は、地球も太陽系も、存在するのはイメージとそのイメージに命名された地名だけで……。

地図上の〈果樹園〉の記号○の中にひとつ、世界の〈電源〉記号⏻が混じっている。

地図上での見た目は、ほぼ同一。

そのひとつを探し当て、そのひとつが指し示す「実際の地上」に立って「そこ」を押すと……

世界またはわたしの電源がＯＦＦになるのかもしれない。


等高線をたどって同心円迷路バウムクーヘンの一部になる

10 哲学

〈体積がこの世と等しいものが神〉夢の中の本のあとがき

哲学は、「時間とは?」「空間とは?」「わたしとは?」を問う学問である。
この世とは、「時間」と「空間」と「わたし」を内包したものである。
だから哲学は、「この世とは何?」と問うている。
自分を客観視することが、哲学の第一歩なのだと思う。
小学校に上がる前、電車の車窓から、遠くの、山裾の家々が見えた。
「その中」を見たときだ。
そこには「動く人」がいた。わたしの人形の家の中の、人形ではなく。
その瞬間わたしは、「世界はわたしのものではない」と気づいた。
この世とは、煮詰めてゆくと「我思う、ゆえに我あり」であり、拡大してゆくと
「宇宙の果てではない、完璧な絶望が存在しないようにね」なのらしく、実際一個体の
我であるわたしもそう感じる。というか、そう感じるほかない。
そう感じるほかないというのは、宇宙の類似品である我は、自分の眼球で自分の眼

球を見ることができないように、宇宙の客観が拒絶されているからだ。

この拒絶が、イコール神の手触りなのだ。

この拒絶を「禁忌」や「タブー」と言い換えて解釈してもよい。

一卵性双生児のように外見がそっくりな親子が、「死ね！」「お前が死ね！」と罵倒し合っている現場を目撃したことがあるが、宇宙と我もこの親子のような関係である。

相手の死は、つまりイコール自分の死だ。

我々も、共存（共依存）関係にある宇宙を殺せない。

宇宙とは、それぞれのわたしだ。

だから宇宙は、実は生きている人の脳の数だけ存在している。

宇宙とは、点在する濃密である。

NとN、SとSのくっつかなさをこの世の極みの手応えと思う

11 なぞなぞ

明るくて暗くて広くて狭くってなかったら困りあっても困る

このなぞなぞ短歌の答えは、「人の心」である。

「なぜ」と「なぞ」が音・意味ともに近いのは、偶然ではなく必然だろう。

小学四年生のとき、Kちゃんという同級生とのあいだでなぞなぞブームが起こった。

Kちゃんは次のような「なぞなぞ」を出してくる。

「寝るときにかけるふわふわなものはな〜んだ？」

わたしは、まさか答えは「ふとん」ではないだろうからと、「魔法」か「催眠」かと二択で考え、ふわふわだから催眠じゃなくて魔法か、とひとつに絞って、

「魔法！」

と答えるのだが、Kちゃんは

「ざんねんでした！　答えはふとんです！」

と、してやったりというニヤリ顔で宣言するのだった。

わたしはこのもやもやとした体内の黒い雲を一体どうすればよいのかとうろたえた。

「Kちゃん、それはなぞなぞではないよ」

今ならば、こう言える。

Kちゃんの「寝るときにかけるふわふわなものはな〜んだ？」↓「ふとん」、は幼児の生活知識を問うものであり、「なぞなぞ」とは質がまるで違うのだということを、当時のわたしは言語化できなかった。

ただの質問となぞなぞは、短距離走と借り物競走くらい違う。

なぞなぞには頓知（とんち）という人間力（ユーモア）が必要なのだ。

けれどそう言語化できたとして、Kちゃんの耳には届かないだろう。

体の細胞の経験値（実年齢）と脳細胞の経験値（理解力）が同じとはかぎらないのだ。

「パンはパンでも食べられないフライパンはな〜んだ？」どこか間違え何か哲学

12 クラゲ

水族館にクラゲに会いにゆく休日雨のなかクラゲ似のビニール傘

クラゲが好きだ。

何よりも透明度が高く、そのうえ、浮いている。

泳いでいる、というよりやはり、浮遊している。

漂流というより、もっと近場の安心レベルだ。

海月（くらげ）という漢字も、jellyfish という英語も良い。

キクラゲを木耳と書くが、なるほど、クラゲは耳にも似ている。

クラムボンの正体としてもっともふさわしいのは、音的にも謎めき度数からも、クラゲである。

水中でかぷかぷ笑えるのはクラゲしかいない。

よく、「クラゲには脳がない」という言い方がされる。

これは、「脳とは何なのか」という、脳の定義の問題だ。

脳とは神経細胞が密集した場所のことで、その定義に照らすと「クラゲには脳がない」ということになるらしい。

けれど、散らばっているだけではないのだろうか。

一極集中なんていう、人間社会の首都機能みたいなことは、「あの人たち」はやらないのだ。

彼らはスナフキン並みの、生まれつきの吟遊詩人たちだから。

江ノ島水族館のクラゲルームに、長い「脚」が絡まったままの「二人」がいる。

その絡まった脚が赤い糸ならぬ透明な糸に見えて、「運命の二人」として定点観測しているのだが、少し動きにくそうではある。


かんがえるかんがえませんかんじてる水より水っぽい九月のクラゲ

13 前略

「前略」という名の寄生虫がいる挨拶状の冒頭に棲む

前略、で書き始めると、異様に気が楽である。

まるですべて書き終わったかのように、書き始めたばかりでほっとしている。

前略、と書くと、太宰治が私的な文をしたため始めるかのようで、もう『人間失格』は書き終えてしまったかのごとくの大文豪バカンス感に包まれる。

「前略」で何が省略されたのか、書き始める本人にも不明である。

なのに、前略、と書いてしまう。

「これからのほうが大事なのさ」、と言わんばかりの似非アメリカ文学翻訳調的ライト感覚で。

前略、ご機嫌いかがですか？

って、「ご機嫌いかがですか？」から始めればいいのに。

なんとなく、踏み台みたいについ、書いてしまう。

「なんとなく、前略」なのだ。

「つい、前略」なのだ。
変な話、と話の冒頭に必ず付ける上司がいた。
聞いていると、別に変な話ではない。
けれどその人は、「変な話、もう秋だから」などと言うのだ。
たぶんその人も「変な話」が踏み台というか、助走なのだろう。
だから、付けずには始まらない。
何事も、始めなければ始まらない。
「前略」のような、ゼロの手前の助走は必要な空白なのである。

「前略」と書き始めては滞り「中略」と書き「後略」と書く

14 レーズンバター

温めたレーズンバターのバター溶けレーズンの本名は干しブドウ

「レーズンバター」は「レーズンが入ったバター」であり、「バターの入ったレーズン」ではない。

日本語で「□■」と単語を二つ連ねてその二つが混じった物を表すとき、□∧■という関係になる。

レーズンバターの場合、「レーズン∧バター」であって「バター∧レーズン」ではなく、レーズンがバターに含まれている。

ちくわの穴にキュウリスティックを詰めたおつまみは、「キュウリ∧ちくわ」であるから「キュウリちくわ」と呼ぶべきであり、「ちくわキュウリ」と呼んだら、「なにかい？　キュウリの中にちくわが入ってるってのかい？」と江戸っ子にケンカを売られてしまう。

「類人猿」と「猿人」は、末尾に猿がある「類人猿」のほうが先で、人が末尾の「猿人」は時系列的に後なのだ。

りんご飴は、あんなに体積を占めるりんごが脇役で、飴が主役なのだ。

チーズ in ハンバーグ in 夏休み

という静誠司作の俳句があるが、この三物の関係は、

チーズ < ハンバーグ < 夏休み

であり、チーズがハンバーグに、チーズの入ったハンバーグがさらに夏休みに含まれるという、「ザ・夏休みほとばしりマトリョーショカ俳句」である。

奥歯 ∈（属する） わたし ∈ 宇宙 ∈ 神様が見てる一瞬の夢

15 濁点

厭離穢土（おんりえど）欣求浄土（ごんぐじょうど）という音がボサノヴァみたいに軽く聞こえて

「厭離穢土欣求浄土」の音は「おんりえどごんぐじょうど」で、意味は、「穢(けが)れた地上を厭(いや)だと嫌い離れ、清らかな浄土を魂から求める（気持ち）」である。

仏教概念であり仏教言葉であるが、まったくもって、ただごとではない事態を直感させる濁音の連打であり、意味と音とは同じだと、激しく頷(うなず)かざるをえない。

人を貶(おとし)める言葉に「バカ」「クズ」「ゲス」「愚鈍」などがあるが、これらは濁点を取るとそれぞれ「ハカ」（墓？）「クス」（笑い声？）「ケス」（消す？）「くとん」（クルトン？）となり、急にドス（短刀）がつらら（氷柱）に変身してしまったような肩透かしをくらう。

濁点を取ると、言葉の迫力は99％減である。

流血の「頭突き」が「つつき」になって、安心してキツツキが木をつつく。

濁点とは負の叫びであり、人間社会の濁りの凝縮なのであろう。

ぱぴぷぺぽの「゜」は「半濁点」と名付けられているが、半分どころではない、

99・9％減（当社比）くらいの、現世の濁り減少感（かわいい）である。

「パルプ」と言い換えただけで、紙がゆるキャラみたいにかわいい。

「ピンチ」は、それほどピンチではないようなピクニック感だ。

「ポン引き」は、お正月の地元商店街の福引き大会のようだ。

パリでポンピドゥーセンターに行くつもりだったのにピザ屋でピサの斜塔を思い出しつつプードルを見ていたら、半濁音が満腹になったためか、行く気が失せた。


半地下に転がってきた半濁点パリペリポリンと割れて鳴いてる

16 両生類

イモリって両生類でヤモリってお守りみたいな実は影です

イモリは両生類で、ヤモリは爬虫類である。

イモリは水陸両用で、全身が常にじっとりとぬめっていて、脚は、脚というよりヒレである。

ヤモリは平たくて、夜、壁や天井を這い回る。

乾いていて、脚は花のスタンプのような、花粉を顕微鏡で見たかのような、木琴を叩く道具のような、ぽんぽん感のある存在感である。


イモリに似ている人がいた。

女性で、同性愛者だった。

彼女に触れると、水を感じた。

彼女は、常に濡れていた。

悲しくて。

異性愛者の女性に恋して。

「だめなんです」

彼女は言った。

「どうしても、彼女じゃなきゃだめなんです。同性愛の子で、私を好きだと言ってくれる子がいるんですけど。その子を好きになれたら楽なんですけど。どうしても、だめなんです」

彼女は夜のたび、魚になるようだった。

そんな目をしていた。


「ふと思う」の「ふと」は両生類であるこの世とあの世を「ふと」は行き来す

17 因果関係

パッキンの劣化が原因の現象たとえばお隣りの猫のあくび

因果とは、原因と結果のことだ。
日本風に言うと、風が吹けば桶屋が儲かる、である。
数式は、因果関係の記号化だ。

3－2－1＝0

は、「三千円所持で二千円分食べて千円おごったら帰りは歩くしかないよ」であり、

4÷1＝4

は、「四等分できるホールのバウムクーヘンを一人だけで全部食べたらそりゃ太るよ」であり、

地獄－濁点＝四国

は、「九州の地獄温泉で疲れを取ったら軽く四国まで足をのばせるよね」であり、

◎≒◎

は、「目玉焼きがうまく焼けるときのほとんどはくもりの日なんだってね」であり、

$\sqrt{1} = 1$

は、「ああ、次郎君もやっと実家を出て独立ね」である。

因果関係は川の流れのように方向が決まっている。

「暑いから白くまアイスが売れる」のであって、「白くまアイスが売れるから暑い」のではない。

冬に白くまアイスを百個売っても、それで日本の気温を上げることはできない。

生まれたから生きて死ぬヒトたらちねの死亡原因は常に出生

18 エロス

死体みたいきみの寝姿死に神から守るためきみを端まで舐める

「エロス」という言葉はギリシャ語で、一般的な「愛」を信仰対象にまで高めた概念語だ。「ロゴス」(言葉・意味・論理)同様、人間存在に必須な神聖なるものだが、その「エロス」から「ス」が取れたとたん、軽すぎて卑猥な響きになるのはどうしたことだろうか。

ロゴスは「ロゴ」と略されたり、「あいつはロゴい」などと笑われたりしない。

エロスの源の「愛」はそもそも、明治時代に「LOVE」という英語を輸入する際に「発明された」日本語である。

日本人の体内に、愛など本来なかったのだ。

いまだに「愛とは何か」たぶん日本人には分からないし、キリスト教的に考えたら(つまり犠牲? 愛する人のために自分を捨てること?)と、理解しようと努めるだけだ。

愛は同音の「I」で良い、と思ったりする。

つまり自己愛。
自分を愛せない人は、他人も愛せないから。
「エロスを見た」気になるのは、ギリシャ彫刻を見たときだ。
ミロのヴィーナスもサモトラケのニケも、体が神話並みの「ありえない説得力」で
充ちている。
腕を失っても頭を失っても、体本体が神殿で、人知を超えた何かと交歓している。
生きる歓びを隠せないというのが、エロスなのかもしれない。

雛雌雄分けしてるようきみの指わたしをふかくよく見つけてる

19 味の素

味の素をかければ命生き返る気がしてかけた死にたての鳥に

「味の素」は元素名みたいで凄い。
「味の素」というネーミングが凄い。
商品名だということが凄い。
それが調味料だということが、なにか矛盾のようで怖い。
「万能薬」という名前や、「風邪は万病のもと」ということわざが思い浮かぶ。
「ちちんぷいぷい」にも似ている。
「タイガーバーム」や「馬油」、「オロナイン」や「ポリベビー」にも似ている。
よってわたしは、あらゆる食べ物に味の素をかける。
かけると、なかった味が湧いてくる気がして。
無から有が生まれる気がして。
死にたての愛鳥にもかけたことがある。
万能薬を超えた感じで、生き返るんじゃないかと思って。

もちろん、生き返りはしなかったけれど。

儀式には、なりえた。

「グルタミン酸」ではこうはいかない。

「味の素」だから、スーパーフードの種みたいでその気になる。

その気になった人の気が振りかけられて、やはり味の素をかけるとなんだか絶対美味しくなる。

そうなってくると、味の素とは舌の素みたいで、味の素をかけると舌がしびれる。

「酸素とか水素とか味の素とか」と、指折り数えて素粒子が飛ぶ

20 部首

空の部首はあなかんむり宇宙はうかんむり空は穴宇宙は「果・端（ハ）」のない穴

冒頭の短歌は、「空」という漢字の部首が「うかんむり」ではなく「あなかんむり」であることが意外で、秋に作ったものである。

ラジオ番組で選んでいただいたため、その後、秋になるとツイッターで流してくださる方がいたりする、幸せな一首である。

小学五年生の夏休みに、「ふるとり」を主人公にした四コマ漫画を描いた。

「大河ドラマ・ふるとりくん」

「ふるとり」とは「集」や「雀」や「隼」の部首で、「進」のしんにょうを取った形、「隹」である。

そのふるとりくんが、木に登って「集」になったり、少なくなって「雀」になったり、タイムトリップして「雀の子そこのけそこのけお馬が通る」をまだ作っていない小林一茶に会い、その俳句の着想を与えたり、人と一緒に囲われて「雁」になったり、九本の木ともたれ合い、甘え合って「雑」になったり……と果敢に己の人生と闘うことにより一回りも二回りもふるとりとして成長し……

ラストで「離」という字になり、地球から去ってゆくという……

壮大なドラマだった。

「ふざけている」との理由で親に却下され、夏休みの宿題として提出することは叶わなかったが……

今もふるとりくんは、わたしのプチヒーローである。


乙の名はつりばりである乙女とは春を釣り上げる清きフェロモン

「乙」の部首は「乙」で、読み方は「おつ」「おつにょう」「つりばり」

21

たましい

優しいは野菜を含む魂は痛ましいから生まれた孤独

ヒトの体は一日に1%が入れ替わるのだという。
約三カ月後には「別人」である。
自分は自分のものではない。
もとい、自分の体は自分のものではない。
物質としての体がわたしでないならば、やはり魂があるのだろう。
やはり魂が体という物質に宿った、のだろう。

子供の頃、ベランダの水溜まりに「魚」を発見した。
一体どういうことだろうと、わたしは一人首をかしげた。
どこの海から、川から、湖から、ワープ（瞬間時空超え）してきたのだろうと。
あるいは、無から有が生じたのだろうかと。
サイババの手から出る白い粉のように。

わたしだけが見てしまった神様の「失敗」なのかもしれないと思い、誰にも内緒にして忘れることにした。

大人になってから、あの「魚」はトンボの幼虫のヤゴだと分かった。

けれど、何かあの「魚」は、わたしの生まれ変わりのようで。

生前にそれを見たようで。

終わる前に始まっている次のようで。

終わったあとに始まったのでは手遅れのようで。

つまり、あの「魚」は、わたしの魂だったようなのだ。

そっと持つきみからもらったぬいぐるみを二人で生んだ魂のように

22

物理

文鎮は重力を表現している墓石は重力を肯定してる

フックのある吸盤を冷蔵庫の扉に押し付けて輪ゴムなどをかける道具がある。

わたしは長いことそれを、「吸盤の吸い付き力によるもの」だと思っていた。

しかしあれは大気圧による現象で、空気が吸盤を押し付ける圧力と比して指の力が負けるから、取れない。

物理は、矢印で表される。

引力、斥力。磁石が作る磁界の向き。

作用、反作用。合力、分力。光の反射、屈折。

物理フィルターをかけた目でこの世を見ると、すべての時空が矢印だらけだ。

鳥たちは、矢印の象徴として飛んでいる。

誰が誰を好きなのかも、引力の矢印の多さで分かる。

コンビニの前に落ちているナナコカードが誰のものなのかも、飛び始めたゴルフボールがホールインワンするか否かも、一目瞭然。

富士山がいつ再噴火するのかも、見える。

この世は矢印の世界だ。

その向きと数が、この世の意味だ。

矢印が多くなると、それは流れになり、時間になり、溜まると、そこはパワースポットになる。

パワースポットでは、大量の矢印が一様に同方向を向いている。

鮭の遡上のように。

物の理（ことわり）を信じる人は物理学者に、偉人の言葉にすがる人はいずれかの宗教の信者に、日々の体感を頼りに生きる人は生活者になるのだろう。

〈人体と羽毛が同速度で落ちる〉証明するため鳥と屋上へ

23 ふえるワカメ

クローンとかＡＩとかを言う前にふえるワカメの森に行こうよ

日本人の四人に一人はふえるワカメをみくびり、ワカメの森を出現させたあげく、ワカメの日でもないのにワカメサラダを主食として食べる羽目に陥ったことがあるだろう。

海草の乾燥力をみくびってはならない。

我々陸上生物がミイラになるよりも、水中生物である彼らワカメがミイラになるほうが、一次元分多く負荷がかかっているのだ。

パックに入っているときは、まるで未来の森のミニチュアのようにおとなしい。

だから、いつも油断してしまう。

一滴、命が与えられれば、彼らは我々の想像を超えて蘇生する。

それは何か、爆発的、暴力的、復讐的蘇生なのだ。

味噌汁にちょこっと入れようとしただけなのに、新しい実験の失敗に立ち会ってしまったかのような罪悪感。

もう戻れない的時間の流れのベクトルの可視化。

ふえるワカメがふえすぎると、監督不行き届きでふやした人間が罰せられる。

そんな結末を避けたくて、大きくなりすぎたワニを川に捨てるように、ふえすぎたワカメを捨ててしまう。

人間は、人間以外の増殖が本能的に怖い。

インドと中国の人口が増えても「へえー」でしかないが、緩衝材のプチプチや億単位の魚卵を見るとゾッと怖気立つ。

これは、人類の一員としての危機感なのだ。

ワカメが人類に取って代わるとこの星はワカメ星になるが、ワカメたちはそんな自らの繁栄に気づかないままゆらめき続けているのだろう。

竜宮で浦島太郎がお土産にもらった箱にはふえすぎるワカメ

24 無限

1÷3と電卓で打つ連なった3が宇宙の果てを突き破る

無限と0は似ている。
果てがないことと無は、たぶん同じ現象だ。
存在とは有限のことなのに、無限という存在。
数えるための数なのに、0。
空間的無限と時間的無限と、無限には二種類あると思う。
そして二つは、陰陽のような関係なのだと思う。
空間が無限になると、それは溶けて時間になる。
時間が無限になると、それは固まって空間になる。
そうして両者は循環し合い、永久に消滅しない。
三面鏡に映る無限の像は我々の存在を脅かす。
無限の実在を実感して認めてしまうと、有限である自己存在が消えてしまうから。
死んで有限から解放されたら、我々は無限を実感できる存在になれるのだろう。

団地と虫の卵を見ると、めまいがする。

「同じものが無限に続くかのような何かの連続」に耐えられないのだ。

団地は「無限の生活」、虫の卵は「人間以外の無限の命」である。

「無限」のことを考えると、本当に「居ても立ってもいられない」の逆の、「ここに自分自身でいるほかはない選択の余地のなさ」に打ちのめされ、逃げたくなる。

だからわたしは、三面鏡に頭からすっぽり、シーツをかける。

ご臨終、してもらうためだ。

以後、三面鏡には近づいていない。

三面鏡の中の無限のわたしたちごめんわたしが抜け駆けをして

25

枕

木琴は絵に描いた線路の枕木だんだん高音だんだん遠く

枕は、真っ暗に含まれる。

真っ暗が、枕を内包している。

枕は、真っ暗に抱かれている。


真っ暗になると、枕は存在感を増す。

あるいは、真っ暗の中でしか、枕は存在できない。


ある日、真っ暗は言った。

「別れよう」

「そんなことはできない。あなたのいない世界なんて」

枕は、枕を濡らして泣いた。

「ごめん、ほかに、好きな人が出来たんだ」

悪びれる様子もなく、真っ暗は、いつも通りに真っ暗だった。

枕は、絶望して消えた。

真っ暗は、「っ」だけになって、半永久的に佇んだ。

枕には日々我の夢染み込んで枕が脳に取って代わる日

26 基準

彦星から17光年先の部屋きみの住む幸福なマンション

右の短歌は基準を地球ではなく彦星にした。

そのため、日常の中の非日常（詩）になった。

基準とは、もとになるものだ。

日常とは、もとになるもの（基準）がほとんど不変の日々のことだ。

卵の値段という物価基準の不変性は、日常の土台の安心感になっている。

アメリカのテレビドラマ『フルハウス』には、いわゆる「録音笑い」が入っていた。

セリフは日本語の吹き替えになっているのに、笑いだけが「外国語」。

音が日本人の笑いの「あははは」ではないのだ。

けれど笑いの起こるタイミングや笑い声の質で、アメリカの「面白い」の基準が分かった。それは、日本の「面白い」の基準と同じだった。

たぶん「面白い」の本質は世界共通で、その基準は「必要性や機能性をはみ出る」なのだと思う。

生活や日常は必要と機能で出来ている。

「面白い」は、そんな生活や日常をはみ出る。

笑ってはみ出て、また基準に戻る。

基準の姿が見えるのは、基準からはみ出たときだけである。

「睡眠不足」や「睡眠過多」はその個体にとっての「睡眠基準」をもとにした言葉で、不足や過多の場所からしか基準は俯瞰(ふかん)できない。

社会は、様々な基準という棒グラフの集合だ。棒グラフの連続で出来た建築物だ。

そこを、人が通る。

基準がないと、人間は叩き台のないバナナの叩き売り人になってしまう。

一円玉が一グラムであるということ物質世界の基準のように

検索をやめない肉色の指先神様の住所を探している

27

神様

突然ヘビに遭遇したときやジェットコースターで激降下するときの、英語圏の人の絶叫「キャー!」を英語に訳すと「オーマイゴッド!」である。

一方、日本人の絶叫「キャー!」を日本語に訳すと「お母さ〜ん!」である。

日本では、神は母なのである。

「鬼子母神」という言葉は、見ただけで死後硬直してしまいそうな、ビビり熟語である。漢字の圧縮能力を最大限超えで発揮した四文字のため、読経したいくらいのオーラを放ってしまっている。

畏れ多くて直視できない。

鬼に子に母に神、だから。

もう、あの世と人間界の根源とこの世ホールディングスである。

「鬼と母」も「神と母」同様に親和性が高いというか、ときに同一であり、ときに一方が他方の正体なのであろう。

「神」ではなく「神様」と言うときは、実は自分の未来に言っている。

「神様、どうか試験に合格させてください」

神という名字の誰かが替え玉受験に行くわけがないから、それは未来の自分に頼んでいるのだ。

今の自分がいるのは、過去の自分が生き続けてくれたおかげである。

未来の自分も過去の自分も、頼りがいのある、自分だけの神様だ。


それぞれのわたしにそれぞれの神様 WHERE と HERE は同じ場所のこと

28
対

はんぺんの二つの面を区別して裏ではないほうを表とする

「乾電池」って言うなら、逆の「濡れ電池」があるのか？と笑っていたら、あった。

湿電池。

電池なるものが日本に初めて輸入されたのは江戸時代だが、このボルタ電池の電解液は希硫酸で漏れやすく、危なっかしくて、使えるものではなかった。

明治になり、屋井先蔵が安全に使える電池を発明し「乾電池」と命名して、よってそれまでの電池は「湿電池」と呼ばれるようになった。

電池の場合「乾」と「湿」だが、対とは同じ現象の表と裏のことで、対立する概念であり、言葉としては対義語になる。

対になる二つは保有する質量およびエネルギーが同量であるはずで、釣り合った天秤の両端のことだ。

宿敵も実は運命的な対関係で、反転すれば強力な同志や恋人になる。

凹凸、陰陽、白黒、男女、NとS、有無、「赤いきつね」と「緑のたぬき」……。

阿吽(あうん)も対だ。
日本語の五十音の始まり「阿(あ)」と終わりの「吽(うん)」。
狛犬(こまいぬ)やシーサーは、阿吽の対で存在している。
魔除けの意味のあるものは、対で存在することで排除の力を発揮するのだろう。
対立概念をペアリングすると、それはひとつの閉じた円環、すなわち世界になる。
閉じた世界は丸ごと、内包物以外を排除する免疫体となり、己自身である世界を守る。
だからもっとも簡単な魔除けの呪文は、「あるあるないないない」だ。

物質と対である反物質の世界がここじゃないどこかに「ある」

29

重複

競争を争う散歩を歩く日日頭痛が痛いが人生を生きる

冒頭の短歌は重複表現（誤用）の例をいま即興で並べたものである。

この場合ポイントはひとつで、「●○を○る」とするため、最初の熟語の二語目が漢文表現としての動詞でなければならない。

たとえば「乗車」はだめである。○●の形（車に乗る。日本人向けの読み下し文では乗と車のあいだの左側にレ点を打つ）なので（×乗車を車る）、この形では使えないのだ。

重複表現は巷(ちまた)にあふれている。

「馬から落馬」「後で後悔」「筋肉痛が痛い」「元旦の朝（「旦」は「地平線から日が昇る」という意味の象形文字のため、「元旦」はすでに一月一日の朝を示している）「一番最後」「被害を被る」「過半数を超える」（「過半数を得る」が正しい）「炎天下の下」「日本に来日する」「排気ガス」（「排気」と「ガス」は同じ）「チゲ鍋」「ハングル語」「サハラ砂漠」（「サハラ」がアラビア語で「砂漠」）「クーポン券」（「クーポン」がフランス語で「券」）「シティバンク銀行」「夜のナイター」「三日月クロワッサン」「昼のランチ」「集団グループ」……。

しかしたとえば「あの人は人間人間してるから」の「人間人間」は、英語表現における more and more（比較級&比較級表現）同様、「ますます～」と、その「～」の形容を強めている。

「空空しい」「白白しい」「青青としている」「赤赤と燃える」「黒黒とした与謝野晶子の乱れ髪」は、「人間人間している」同様、誤用ではなく倍化表現だ。

「生を生きる」（live a life）などの「名詞×動詞」重複表現も、一所懸命さが出て大切感を表現できる。

しかし「死を死ぬ」は「無を消す」のようでイメージしにくい。

重複表現は「盛りの美学」だから、マイナスではなくプラス方向の技術なのだろう。

焦げた鍋こすりつづける銀の夜わたしはわたしを死につづけてる

30

生まれ変わり

ノートから解放された∞（無限大）がシジミチョウになって飛び立つ

「生まれ変わったら何になりたいですか?」は、「人生の最後に食べたいものは何ですか?」より、よほど希望的な質問だろう。

「鳥」と答える人は現状から逃げたかったりしていて、「また自分」と答える人は自己肯定感のある人生を歩んでいるのだろう。

けれど、「もう二度と生まれ変わりたくないです」と答える人は、百万回生きた猫か現状地獄にうんざりしている人なのかもしれない。

現在生き物であるもののどこか統一した場所に、「今回が何回目の生か」を提示してもらえないだろうか、神様。

たとえば人間なら、うなじのところにラジオ体操のスタンプみたいにホクロで回数提示をしてもらう。

「やけに落ち着いてると思ったら、あの子、五十一回目なのよ……」

三歳児のうなじには、五十一個のホクロ……。

鳥ならば、あの「恐竜の子孫の証」とされている脚の部分のウロコの数だったりして……。

「あの鳥、怖いわ。鳥除けのＣＤと同じメロディーで鳴くのよ……」

メジロの脚には、二千個のウロコ……。

前世にて雁の群れだった一隊がポプラ並木になって揺れさわぐ

31 境界

頭蓋骨二つ並んでその中に分断された同じ夢二つ

この短歌は「同床異夢」の逆状態である。

脳は空間的に閉じて自己完結しているから、たとえどんなに二つの体が密着していても、二つの脳内は別内容である。

「パーソナルスペース」という概念がある。

人にはそれぞれ侵されたくない範囲があり、その領域の外周に線引きする、というものだが、ストーカーの人にはこの線がない。

対人関係において、適切な距離が保てないのだ。

境界線には実線と点線があると思う。

パーソナルスペースの外周が実線の人は、自分の世界が確固としてある人。

点線の人は、他者と交流しつつ自分を保つ人。

ご利益（りやく）があると評判の神社の外周は実線で、完全に邪気がシャットアウトされている。

雪の日の早朝にそのような境内（けいだい）に行くと、冷水の中の出来たての豆腐のように、自身の魂を素手ですくえるように感じる。

植物園や動物園も夜間は実線で閉じているから、早朝に行くと拒否オーラを感じる。けれど園に入ってこちらの体が馴染んでゆくにつれ、植物園では自分が植物になって指先が芽吹き、動物園では本来の野生の勘が鋭くなってゆく気がする。

点線の人は「入れたい」し「入りたい」人で、常に口から言葉を漏らしているから分かる。

本当に寒い以外の何ものでもない日の駅のホームで「寒っ。寒っ」と一人で言い続けている人は、間違いなく点線の人であり、「寒いですね」と誰かに点線を埋めてもらうまで、やめないし、やめられない。

国境がリスの形に閉じていてその国のリスは二重輪郭

32 シベリア

「あの子」って誰のことだい？　シベリアに行った子ならばもう帰らないよ

シベリアは、謎めく。

シベリアは、哀しい。

「あの子はハワイに行ったよ」には「よかったね！」でいいが、

「あの子はシベリアに行ったよ」には「よかったね！」とはならない。

「そう……」

うつむきながら、そう応え、（それ以上は聞かないわ、だから安心して）という雰囲気を醸し、二人のあいだに生まれた哀しい湖の水面が波立たないようにそっと、そこからひっそりと、去る。

シベリアとは、美しき喪失である。

シベリア、というお菓子がある。

餡か羊羹をカステラで挟んだものだが、あの「白黒白」のハーモニーは長調ではなく短調で、北原白秋はこのお菓子を食べながら「ペチカ」を作詞したのではないかと想像してしまう。
シベリアとは、永遠の失恋である。
シベリアで道に迷ったら、もうどこにも帰れない気がする。
シャノーア伯爵が現れ、城に招待してくれるが、その寝室のベッドで眠ったらもう、
二度と目覚めることはない。

ひとびとが真冬に見る夢あの夢は永久凍土の象が見た夢

33 鬼籍

「鬼は外」「鬼は外」と追放された鬼たちが棲む鬼籍という国

「鬼籍に入られた」という表現を、子供だったわたしは「刑務所に入った」ことだと思っていた。

「鬼籍に入る」は、人が死んだことの隠語だ。

「鬼」という字のもとは「隠（おぬ）」だという説があり、いないものを指す言葉らしい。

「土」が「地球」を表し、「鬼」が「いないもの」を表すならば、すべての物質的存在「塊」は「いないもの」の宿なのだろう。

鬼とは「普通ではない何か」のことだ。

だから「鬼〇〇」と言って「凄い〇〇」を意味することがあったが、平成になって、たとえば「鬼親」は「毒親」と言い換えられた。

「鬼籍」は平成の次の時代に「神籍」になるかもしれない。

『泣いた赤鬼』というお話がある。

人間と仲良くなりたいが「鬼」であるがゆえに嫌われている赤鬼がいた。

赤鬼を不憫(ふびん)に感じた青鬼は暴れん坊を演じて、自分を赤鬼に退治させ、赤鬼が「良い鬼」であることを人間に分からせようとする。

青鬼の目論見通りに赤鬼は人間と仲良くなるが、青鬼は行方をくらます。

自分を助けるために犠牲になった青鬼を思い、赤鬼は泣いた。

お話の中の青鬼を、わたしは愛してしまった。

いつか青鬼に会ったら、彼を保護して密かに扶養していこうとずっと考えてきたが、鬼籍に入ってしまったのか、まだ出会えていない。

境内で鬼ごっこする鬼の手が後ろからわたしに目隠しする

34 アレの名は

日本語のアレはareと表記され英語の「存在を表す動詞」

『君の名は。』は恋愛映画である。

好きになったその人の名前を知らなければ、もどかし地獄で死んでしまう。

ことほどかように、名前は大事である。

「命名」という言葉があるが、名前とは命に付けられるものなのだから、名前を呼ばれないと、命を無視されたことになるのである。

名前が分からなくてもどかしい物がある。

まず、と最初に取り出したいのが、あの、食パンのビニール袋の口辺りに引っ掛けてあるプラスチックの「三方くん」である。

「三方くん」とは、正方形の一辺だけが四角パックマンみたいに凹(へこ)んでいるゆえにわたしが命名したもので、本当の名前を、わたしは知らない。

だからいつも、その物について話したいときには、「ああ、あの、食パンのビニール袋の口辺りに引っ掛けてあってビニール袋を開封するまでは意味なしなんだけど一回ビニール袋を開封したらそれからはそれでそこを括って空気の出入りを最小限に抑えて黴（かび）がなるべく生えないようにする、あの、プラスチックの四角パックマンみたいな……」と言うと相手が（！）という顔になって、今度は相手なりのボキャブラリーで「それ」を「寿限無寿限無……」と表現してくる。

双方でイメージの一致を見るまで、「それ」は二人のあいだに存在しない物なのだ。

そうして、「それ」が二者間でイメージの一致を見たところで、「……で？」と、「それ」についての話題は雀の涙ほども出ない。

ことほどかように、有限の人生時間を無駄にしないためにも、名前はとにかく大事である。

コンビーフ缶に付いてるあの「鍵」は元恋人の鳩尾（みぞおち）の骨

35 住所

京都府京都市左京区宇宙町無重力坂永遠ニ上ガル

京都の住所は面白い。

唐の都・長安をモデルにした碁盤目状の区画のためか、「三条通白川橋下ル東入」のように、道の名前＋「下ル／上ル」で南北移動、「東入／西入」で東西移動を指示し、行き先へと導くのだ。

冒頭の短歌は、一首でひとつの住所である。

「左京区」までは実在するが、「宇宙町」からはフィクションで、小路をさらに入ってゆくと……「無重力坂永遠ニ上ガル」のような時空間が現れるのではないかという、わたしの京都に対する、良い意味での「得体の知れない、陰陽師出没ストリート」イメージを描いたものだ。

「コーヒーカップ」という遊具があるが、わたしは、あのハンドルを最大限回して気持ちが悪くなるまで回転しないと、元が取れないと考えていた。

よって、毎回コーヒーカップから立ち上がれないくらいふらっふらになっていたが、あるとき、「これって地球みたい」と思った。

コーヒーカップはまず床面が回っていてその中で回す二重構造で、それが「太陽系の中の地球」のようだと感じたのだが、実際、太陽系の中を回っている地球の中のどこかの住所は定位置などではありえない。

だから、住所や本籍地が存在証明というのは、魂的に心もとない。

魂は常に、「住所不定、無職」なのだ。

履歴書の住所の欄に「蜃気楼(しんきろう)」と書いた社員が五月病になる

（いつか使う）はずだったお守りの中の自殺薬期限が切れてる

36 いつか

「いつか」とは、心の保険である。
たいがいの「いつか」は、そのときを迎えずに消えてゆく。
「いつかあの人を忘れたい」「いつかあの人と結ばれたい」
「いつかこのことを忘れたい」「いつかこのことを叶えたい」
けれどこれらの「いつか」は、たいていやって来ない。
願ったことは「いつの間にか」叶っていたりどうでもいいことになっていたりする。
それでお役御免になる。
「いつか」とは、新築中の家の足場だから。
その人が成長するための踏み石だから。
「いつか」という日時は訪れない。
「いつか保険」は、満期を迎える前に解約されている。
「いつか」とは、抗不安剤ほど副作用のない、メンタルな薬だ。

いつかきっと、いつかきっと……。

そう唱えることで、南無阿弥陀仏同様、心の奥のザワザワが消えて次第に落ち着いてくる。

「いつか死ぬ」が、究極の薬だ。

いつか死ななければ、生きる意味も消える。

「いつか」は、来てはならない「夢が終わってしまうとき」なのだ。

だから、日本人の「いつか一緒にごはん食べましょう」は、「またいつか会いましょう」の意味なのだ。

「いつかごはん」は、先送りされ続ける約束だ。


「いつかまたお会いしましょう」と言うときの「愛しています」にそっくりの口調

ひとびとが（うふふ。）（うふふ。）と湯気たてる三寒四温の四温のはじめ

37

オノマトペ

オノマトペといえば中原中也の「サーカス」の、

ゆぁーんゆよーんゆやゆよん

である。

これで「明日入試だから徹夜しろよ！」「うん頑張る！」とはどうしても、なれない。

時空が間延びする、宙吊りリラックス薬オノマトペである。

「あめゆじゅとてちてけんじゃ」を、わたしは長いことオノマトペだと思っていた。

まさか宮沢賢治の妹の必死なメッセージだとは感じられなかったのだが、二十一世紀のストレス社会において新たなオノマトペ表記が許可された。

「あ゛あ゛あ゛あ〰〰」「う゛う゛う゛う〰〰」

漫画の世界と昭和の夏休みの扇風機の前ではとっくにありだったが、一般に大解禁である。

濁点はもはや「かさたは行」だけの特権ではない。

母音行に濁点を付けなければ、我々現代人のストレスは表現できない。

一方、逆ベクトルの、妖精のあくびのような、

「あ゚あ゚あ゚あ゚……」「う゚う゚う゚う゚……」

ピアノで「あ」や「う」が白鍵音で、濁点が♯や♭ならば、「あ゙」や「ゔ」は黒鍵を叩いて出す音になる。

だとすると、この半濁点付きの「あ゚」や「う゚」は、白鍵と黒鍵の隙間を叩く空気音になるだろうが、個人的にはまだこの発声法をマスターしていない。


（びょるん・ぼるぐ）耳鳴りか蛙の寝言かまたはスウェーデンの元テニス選手

38

夢

脳内で上映されている夢あり脳の持ち主は眠ったまま

起きているあいだと夢の中とではルールが違う。

起きているあいだは（ああ、あそこは行き止まりなんだ）（ああ、佐藤さんはカラシ付けない派なんだ）と学習を繰り返しているというのに、夢の中ではほとんど学習ができない。

まるで一生新生児である。

家の中に紫色の絨毯が敷き詰められていて、それが隣り町まで続いている。（おかしいだろう？）と思えるのは、その夢も終わりに近づいた、起きる直前である。覚醒すると、（なぜ夢の中にいるあいだにリアルタイムでおかしいと思わなかったのか）、非常に不思議で仕方ない。

けれど、「隣り町まで敷かれた紫色の絨毯」には二度とお目にかかれないだろうから、喪失感でプチサウダージだ。

夢の中のバス停で、どんなに待ってもバスが来ないから時刻表を見るのだが、どこまで目を近づけても時間がまったく読めない。

目覚めたわたしは、（あそこまで目を近づけて見えないってことは、何も書かれていないってことなのに、なんでますます目を近づけたりしたんだろう……）と脳内反省会である。

夢の中でしか会えない男の人がいて、その人はいつも、ななめ45度の角度でわたしから去ろうとしている途中である。

ななめ45度なので、その顔が見えるようではっきりとは見えないのだ。

いつか、あの人はわたしと向き合って、コーヒーなど飲んでくれるのだろうか。

夢の中に影がなかった発見を夢の外でしか会えぬ人に言う

額縁の中の道の絵その道をたどる蟻いて動く絵となる

39

額縁

ルーブル美術館で記憶に残ったのは、絵よりもむしろ額縁だった。

（もしこの額縁がなかったら……）と脳内シミュレーションすると、とたんに絵が死ぬというか、流れるのだ。

しまりがなくなると言ってもいいし、だらしなくなると言ってもいい。

他から切り離されないというか、よって、独立しないというか。

集中できないことが狂うことと同義だと思うのだけれど、「集中できる」とはつまり、「他を切り離す」能力だと思う。

「集中できない」とはつまり、「他を切り離せない」という状態だ。

絵とは「ある集中」なのだから、「ある集中」であるべきなのだから、壁と切り離されなければならない。建物や、日常から切り離されなければならない。

額縁は、切り離すための仕切りだ。仕掛けだ。

だから、額縁がない絵は「流れて」しまう。

作品性を、失う。

俳句の五七五、短歌の五七五七七というリズムの詩型も「額縁」だ。

額縁の中に収めることによって、「日常」や「生活」や「いつも」や「普通」と切り離し、次元の違うテンションを、はらませる。

「髪は顔の額縁です」と、ある美容家が言っていた。

とすると、ブルース・ウィリスは額縁のない絵だ。

しかし、ブルース・ウィリスは流れない。

あの人は、他を切り離さなくても自力で集中できるから。

役者は、集中力自家発電業だ。

おはようとおやすみは一日の額縁真っ白な今日という一枚の絵

40

トマトと的

鳥一羽わたし一人のこの部屋に「とりとひとりと」言霊が巡る

循環小数は芸術だ。

1÷9は0.1111…と、1が永遠に繰り返される。

1234÷555は2.2234234234…で234が永遠に繰り返される。

ひるがえってπ（パイ／円周率）は非循環小数である。

3.1415926535…と、その数の並びは一筋縄では予測できず、現在人類がスーパーコンピュータを使って百万桁以上を「取り出した」らしいが、まだまだ、どこまでも、円周率は線路より続いている。

「意味がない」というのは、まとまりや統一感の欠如である。

「散漫」と言い換えてもいいし、「鬱病（うつびょう）」と言い換えても可、かもしれない。

だから非循環小数は、散漫な鬱病患者のつぶやきなのだ。

昔テレビで「円周率を世界一暗記している人の生活」というドキュメンタリーを見たが、まとまりのない数列に何らかの脈絡を与えようと四苦八苦する、円周率にとり憑かれたその人の生活こそが非循環小数的、であった。

タイトルの（何だか日本のお正月っぽい）「トマトと的」、冒頭短歌の「とりとひとりと」は循環小数である。

有名な「アルミ缶の上にあるみかん」「取りにくい鶏肉」「内臓のない象」「サバンナでのさばんな」「葡萄（ぶどう）を一粒どう？」「ゆで玉子をゆでた孫」も、（「だじゃれ」とカテゴライズされることもあるが）循環小数である。

死角ある四角い四階（しかい）で歯科医師の司会の「死海について」学会

41 漢字

中央分離帯にじっと植わっている躑躅の五十にひとつが髑髏

躑躅（つつじ）と髑髏（どくろ）は似ている。

蒲公英（たんぽぽ）と蒲鉾（かまぼこ）も似ている。

饂飩（うどん）と愚鈍（ぐどん）は兄弟だ。

匍匐（ほふく）前進は葡萄（ぶどう）に向かって進む。

鞦韆（しゅうせん）とはブランコのことだが、三橋鷹女（みつはしたかじょ）の名句、

鞦韆は漕ぐべし愛は奪うべし

以外での使用例を見たことがなく、「鞦韆」は一見まるで「靴鞄」である。

子供の頃、「若干名」を「魚の干物」だと思っていた。

なぜ大人は干物をそんなに集めようとしているのだろうと、〈若干名募集〉の求人広告を見て不思議だった。

「月極」は極道な人の名前だと思っていたし、「扁桃」は扁桃腺の「へんとう」だと

思っていたら、扁桃だけだと「アーモンド」とも読むらしい。
砂糖天麩羅がドーナツで、香蕉はバナナ、牛酪はバター、は分かる。
乾餅はビスケット、も分かる。
木精はメチルアルコール、は微量メルヘン入りである。
大熊猫がジャイアントパンダ、は有名だろう。
一青窈が「ひととよう」なら、朝日笑を「ごきげんよう」と読んでいい。
漢字だけで作られた有名な俳句と短歌があるが、つけ入る隙が皆無だ。

奈良七重七堂伽藍八重桜　　松尾芭蕉

原子爆弾官許製造工場主母堂推薦附避妊薬　　塚本邦雄

論理的左脳管轄思考外楽天的超不死鳥気分

マフラーを編んでいる人は黙黙とこの世の端を編みつづけてる

42

端

「本土最南端が佐多岬（さたみさき）」と聞くと、なぜか佐多岬には壮大なロマンがあるような気がしてくる。

壮絶な、生と死の波瀾万丈のドラマが何世紀にもわたって繰り広げられてきたのだろうと、手に汗をにぎる。

端には、普通じゃないギリギリの恐怖と魅力があるのだ。

そんな何かを求めて、人は電車の座席の端に座る。

「端」が「端っこ」に微変化すると、「ロマンを生む場所」は「さみしがり屋」になる。

太巻きを切ったら、まず端っこを口に入れる。

カステラを切っても、すぐ端っこを口に入れる。

端っこはさみしがり屋だから、すぐになくしてあげたいのだ。

爪を噛む癖がある人は、体の端っこの爪のさみしさにチューニングを合わせている。

爪を切るのは、そんなさみしさの剪定作業である。

切った爪を捨てられずに保管している人や、爪を二メートルも伸ばしてしまう人は、さみしい病の末期患者である。

ささくれも体の端っこだ。

もちろんさみしがっている。

剝こうとすると、ささくれはひとりぼっちを恐れて体を巻き添えにしようとする。

成功すると体丸ごと剝けてしまう。

よって慎重に、ささくれだけを取り除かねばならない。

そこから消えてなくならないように、恋人たちは、ささくれた指を本能的にしゃぶり合う。

シーソーは二個の端っこで出来ているさみしいほうが下がってく仕組み

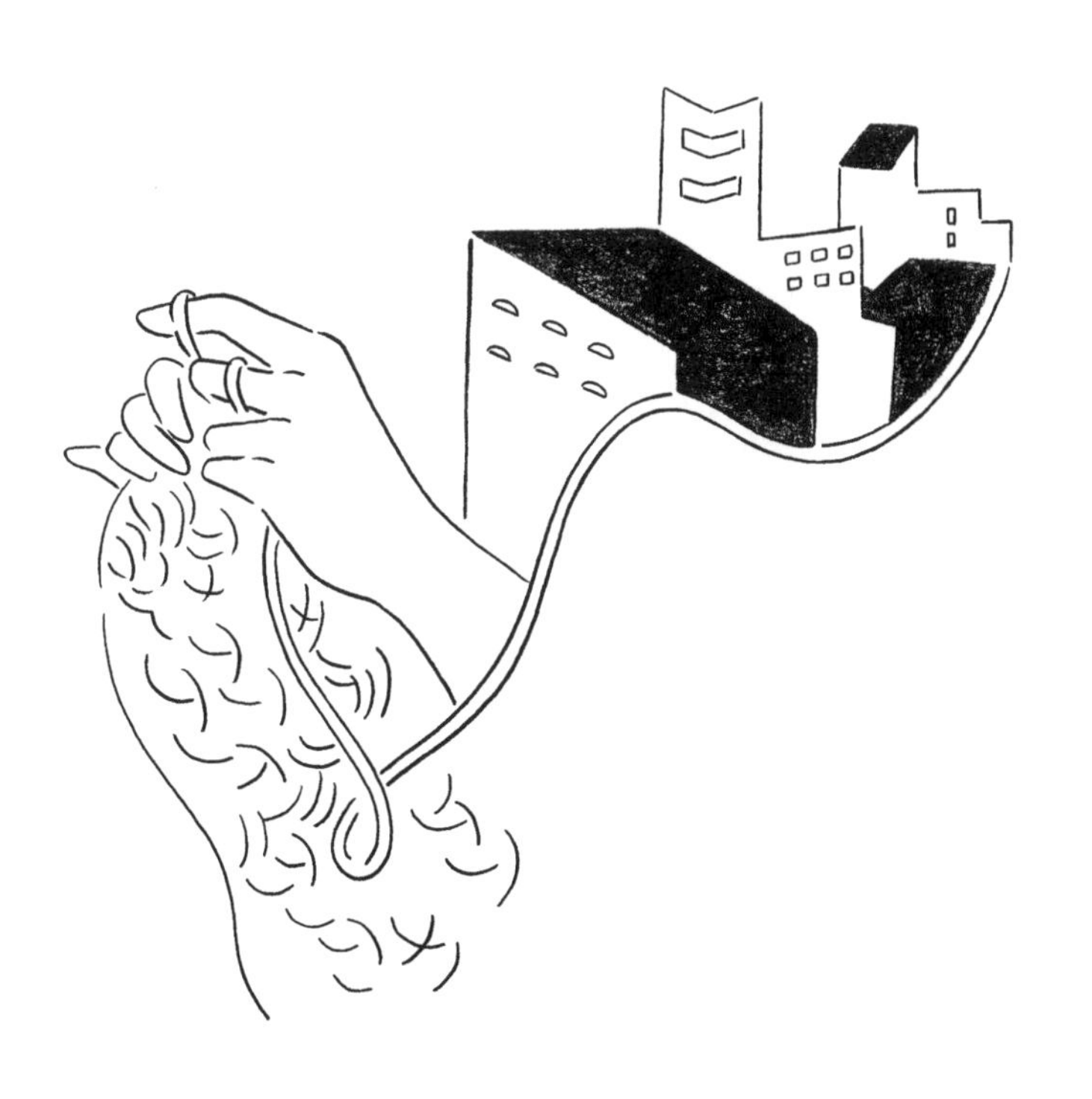

塀 塀 門 扉 門 塀 塀 塀 塀 塀 塀 塀 塀 塀 塀

43 絵のような文字

短歌で城壁を描いてみた。

塀 塀

漢字という象形文字は、絵文字である。

「目」「鼻」「口」「耳」「手」「足」はそのままで全身福笑い完成。

「兎」「麒麟（きりん）」「象」「虎」「熊」「馬」はもうこのまま動物園にいていい。

「鼠（ねずみ）」も齧歯（げっし）類そのものな風貌である。

フラミンゴを「紅鶴」と書くと、とたんにハワイから飛んできて恩返しを始めそう。

「炬燵（こたつ）」に手をかざすだけで暖がとれる。

「鬱」は鬱の説明ではなく描写だ。

新聞の歌壇に「鬱」の絵描き歌ならぬ字書き歌が掲載されていて、思わず書き写したことがある。

鬱という漢字の書き方「リンカーンはアメリカンコーヒー三つ」

リン（林）カーン（缶）は（ワ）アメリカン（米）コーヒー（コヒ）三つ（三）……

歌のとおりに書いてゆくと、なんと「鬱」の出来上がり、である。

漢字以外でも絵文字はある。

「め」はプレッツェルにしか見えない。

「ぬ」は腸捻転中のカタツムリ。

「ヰ」は書院造りの床の間の違い棚。

「ヲ」は舟の残像だ。

旧字の「ゐ」と「ゑ」は「わゐうゑを」のゐとゑらしいが、二字とも、腰が低い人の姿勢のようである。

「ゐゑゐゑ」と遠慮する人江戸からのスパイらしいと即噂立つ

44 オブラート

オブラートに粉薬を置きたたみける白夜の白衣の内科勤務医

オブラートの国に行きたいと思っていた。

でんぷんで作った薄い透明な膜であるオブラートは、苦い粉薬を包んで飲んだり、ボンタン飴のようにベタつくもの同士がくっつかないように隔てたりするための物である。

オブラートはオランダ語だが、リノリウム（ラテン語由来で「床材」）、ギムナジウム（ドイツ語で「学校」）同様、わたしにとって神秘的響きカテゴリー内言葉に相当する。

お菓子の家に憧れるように、わたしは、このような言葉だけで出来た国に行きたかった。

その国では、言葉は本来の意味を失う。

わたしのイメージで再定義された言葉は、別の命を宿して存在している。

オブラートの国には、オブラートの森がある。

四月にはシロップが降り、五月にはギムナジウムが吠えている。

リノリウムは地平線まで咲いていて、オムニバスに乗ったわたしは、オキシドール
に会いにゆく。
フィトンチッド、フィトンチッドとメイプルが鳴く。
アクアラングっぽい香りがして、ラングドシャが蘇る。
わたしは、あまりのダンデライオンぶりに気を失いそうになる。
なんてことはない、ただ、ギャロップしていただけだったのに。
初めてエルドラドしたときのように。
(安心して、真実のオンドルは近いから)、とわたしは自分に言い聞かせる。

オブラートをまたオブラートで包んだらそこだけ角（かど）が取れてぼやける

45 絵日記

クレヨンで八月の山田くんを描く視線の先に白井さんがいる

夏休みの宿題の絵日記には必ず、「その日の天気」を記す欄があった。

わたしも、「はれ」を赤の太陽で、「くもり」を灰色の雲で、「あめ」を青い傘で表現していた。

天気の晴れマークはほとんどの国では白か黄色の太陽で、赤い太陽なのは日本くらいだそうである。

海外生活していた一家が日本に戻り、子供が小学校の美術の時間に太陽を黄色で描くと、「太陽は赤、月が黄色」と交通ルールのように訂正されたという話を聞いたことがある。

日本の国旗の「せい」なのだろうと思う。

日の丸弁当の「せい」なのだろうと思う。

白と青の富士山に赤で日の出を描く年賀状の「せい」なのかもしれない。

絵日記は、溜まるものである。

気がつくと、十日分描いてない。

夏休み明けの小学校の廊下の壁に、宿題だった一枚絵日記が貼り出されていて、その中に、おばあちゃんに描いてもらったことが一目瞭然な絵があった。

一枚だけ筆致が古事記っぽいというか、今にも大国主命（おおくにぬしのみこと）が歩いてきそうな神話ムードの漂った、平面的な日本画なのだ。

先生にはもちろん、生徒全員にもバレバレなのだが、誰も指摘しない。

おばあちゃんの孫への愛情だけは、はみ出るくらいひしひしと伝わってきたから。


「きょうもまた、なにもなかった。」と書く日記ご先祖に無事を伝えるように

46 質量保存の法則

何度寝て何を入れてもわたしとはたわしにならない固有のわたし

尊敬する歌人の大滝和子さんの作品に、

めざめれば又もや大滝和子にてハーブの鉢に水ふかくやる

というものがある。

「わたしの固有性」を描いた作品と受け止めている。

「質量保存の法則」を習ったとき、その方程式の天秤の均衡に感動した。

宗教より理科を信じたいと思った。

「わたし」という現象の質と量も、保存されている。

保存期間がすなわち生存期間だ。

癌（がん）などにより余命が確定された人は、次第にこのわたしという質と量の固有性を失ってゆく。

わたしが、壊れゆく体から撤退する準備を始めるのだ。

死体が焼かれるとき、すでにわたしはその中にはいない。
わたしという質と量は分散して避難している。
何人かの他者の中や楡の樹の梢に。
そして雲のように、時機が来たらまとまってゆく。
再びわたしはわたしの質と量を得て、好みの有機物に宿る。
たとえばアロワナ。
たとえばエンマコオロギ。
わたしの質と量は、消えることはない。
ただ変形してゆく。

きみというみずうみ我というみずうみきみから一グラムの滴をもらう

47

デジャヴ

ああここは魚だった頃隠れてた岩影（今は螺旋階段）

海岸沿いに「デジャヴ」という名のラブホテルがあった。
二人は、隣りのコイン洗車場で車を洗ってからホテルに入るのが常だった。
洗車機の中を通るあいだ、二人は窓を閉めきった車内で、キスをし続ける。
水族館の水槽の中にいる哺乳類みたいで、不思議な気分になる。
ホテルの外壁にはフラミンゴの絵が描かれている。
そのピンクは永遠の楽園を思わせた。
どの部屋にも、フラミンゴと同じ色のダブルベッドがあった。
枕の上の壁には、湖をピンクに染め上げるフラミンゴの群れの写真。
どうしようもなく、その写真に見入ってしまう。
「ケニアのナクル湖だよ」
彼が言った。

「フラミンゴは、炎を意味するラテン語 flamma に由来している」

ヒナコはネット上のその文を見つめる。

なぜ自分が今日、こんな検索をしているのか分からない。

けれど、指に急かされる。


両親が他界したのはヒナコが五歳のときだ。

それからヒナコは母方の祖父母に育てられた。

そして今日、二十歳になった。

「おめでとう、ヒナちゃん」

二人はヒナコに一枚の写真を見せる。

「ケニアのナクル湖だよ」

おじいちゃんが言う。

「フラミンゴでピンクに染まるの。ヒナちゃんのお父さんとお母さんは、新婚旅行でここに行ったの」

おばあちゃんが言う。

デジャヴだ、とヒナコは思った。

写真の光景は、何度も何度も夢に出てきたものだった。

この世とは神様が見てる夢だからところどころに同じ鳥がいる

48
今

「今しかない」予備校広告この世とは今以外であった瞬間がない

「今」とは不思議な概念である。

「今」と言うとき、人は「今ここ」の時空間を指しているつもりだが、「今」という

ものは実は、観測できない不確かな現象だ。

本当のところ、「今」は実在するのだろうか。

「今」を保存することはできない。

だって写真に撮ったとたん、それは過去である。

みんな、本当は「今」を保存したいのに。

できれば永久保存したいのに。

中学理科の教科書の、等速直線運動している黄色い球の連続写真。

今、今、今、今、と写しているはずだが、すでに

過去、過去、過去、過去、である。

「今」は、やはり蜃気楼に似ている。

逃げ水に、似ている。

光の生み出す錯覚。

わたしがゼリーを、食べ物としてではなく眺め物として好きなのは、ゼリーが、まるで「今」を閉じ込めたかのように見えるからだ。

子供の頃、母が市販の粉で作ってくれたゼリーを、わたしは飽かず眺め続けていた。

透きとおる青の空間に浮かんだ、チェリー、パイナップル、桃、みかん、という時間。

わたしはそのゼリーに、「美しい今」という題を付ける。


「今ここにいたんですけど……」その人は、不思議そうに今を見つめる

49

同音異義／異音同義

「囲碁教室」の正面に「以後教室」が開かれ時空が狂う二丁目

「お食事券」と「汚職事件」が同音異義語だと聞いたとき、(いや、その二つは同音同義語でいい)と思った。

「帰省中」と「寄生虫」もこのカテゴリーで、同音同義語である。

けれど実のところ同音異義語というものは、一粒で二倍美味しい感がある。

たとえば「みつ」と耳にするときに生じる、「密」と「蜜」の甘く親密な官能感、ダブルファンタジー。

短歌の「掛け言葉」はこのダブルファンタジー感を利用し、意味を倍化、イメージを増幅させる手法である。

大江山いく野の道の遠ければまだふみもみず天の橋立　　小式部内侍

(大江山を越え生野を通る丹後への道は遠すぎて、まだ天橋立の地を踏んでもいませんし、母からの文=手紙も見ていません/小式部内侍は和泉式部の娘)

「芸能リポーターのショージさんが……」と知人が話してきて、聞けば聞くほど、まったくと言っていいほどよく似ている人がいて、世の中は広いなと感じたことがある。こんなにイメージの被る人が少なくとも二人いるんだ、ということは、イメージの十倍は人がいて、イメージの一万倍地球は大きくて、宇宙は……と気を失いそうだった。

それから二年後。「二人のショージさん」は一人であることが判明した。

わたしが東海林（しょうじ）を「とうかいりん」とだけ読んでいて、ショージさんにそっくりなとうかいりんさんのことを考えていたのだが、ショージさんとうかいりんさんは同一の東海林さんなのだった。

世の中はめまいがするほど広くはなく、同音同義語のせいで実在のほうが倍化（×2）していただけだった。

霊は0（れい）プラスでもマイナスでもない目を閉じると見えてくる言霊

50

数な言葉

「雛罌粟（ひなげし）をごぽんください」そう言って六本もらった中国のひと

「いっぽんでも人参、にそくでもサンダル、さんそうでもヨット」という幼児教育歌があるように、日本語で数を正確に数えるのは至難の業である。

日本語を母国語とする大人が「一人」「二人」を「いちにん」「ににん」と読んだら「ぷっ」と失笑されるのに、「一人前」「二人羽織」は「いちにんまえ」「ににんばおり」なのである。

人間より小さい、人が御せる動物は一匹二匹、だが、人の敵になる脅威な動物は一頭二頭……。

冒頭歌は、漢字を輸出した国の人が、輸入した国の花屋さんで間違った数の数え方をし、それが微笑ましいと受け取られてプラスアルファを手にした、欲なしわらしべ長者ファーストコンタクトシーンである。

小学校の同級生のI君がウサギを飼っていて、わたしが「何匹いるの？」と聞くと「ウサギは一羽、二羽って数えるんだよ。首の後ろをつかんで持つものはそう数えるんだってお父さんが言ってた」と言った。

（え？　白鳥は一羽二羽って数えるけど、首の後ろをつかんで持ったりしない……）と

わたしは納得できなかった。

「ウサギをなぜ一羽二羽と数えるのか」にはいくつか説があるそうだが、有力説は

「ウサギを食べるため」というものである。

仏教では獣食が禁じられていて、徳川綱吉が「生類憐れみの令」を出した。

獣のウサギを食べる言い訳として、それを「鵜＋鷺」と見なして鳥類にして、「鳥

だから食べていいでしょ？」とお上と自分たちを騙すために一羽二羽と数えた……。

ウサギはさぞ美味だったのだろうと想像する。

「三々五々」は燦々と陽のさす午後でなく、三人、五人の共生命体

51 箱または穴

ミカンむくみかん自体が現れる箱を開けるとはこ自体がある

「シュレーディンガーの猫」問題とは、私にとっては「猫が穴に嵌まったのか箱に入っているのか」問題のことである。

箱も穴も、それぞれの本質は空の空間だ。

けれど「嵌まった」のならばそれは穴になり、「入っている」のならばそれは箱になる。

サウナは自ら入っているから「健康に良い箱」だが、他人に閉じ込められたのならば「拷問穴」だ。

箱と穴とでは、箱のほうが良いイメージを、穴のほうは悪いイメージを付けられやすい。

「箱入り娘」はお嬢さんだが、「穴入り娘」となると、狼に育てられ野生化した元人間の娘のようである。

「箱詰め」は恭しく慶事めくが、「穴埋め」は誰かが消えたのだ。

「ゴミ箱」は近代風で衛生的だが、「ゴミ穴」は貝塚のことである。

「BOXシート」だと旅を楽しめそうだが、「HOLEシート」だと雑魚寝予感がする。

「箱熊」はキャラクターっぽいが、「穴熊」はくまのプーさんの裏の顔のようである。

箱は人工物なので大きさも知れているが、穴は異次元の入り口の可能性があり、怖い。

「シュレーディンガーの猫」は生死の確率が半々らしいが、箱に半分、穴に半分存在し続けているのだろう。


「世界中の箱と穴とを集めたらブラックホールと交換します」

52

まちがい探し

右の絵にない線が左にはあって皿は血になり日は白になる

よく見かける「まちがい探し」は「木の枝と枝のあいだが鹿や麒麟」または「お正月の居間の団らんの様子」であろうか。

「まちがい探し」があると、やらずにはいられない。

だからなるべく出会いたくない。

「この中にまちがいが七つあります」と書かれていると、その七つを見つけないことには明日が来ない気がする。

その七つすべてを見つけ出さなければ、見つけ出せない自分がまちがいになってしまう。だから焦る。

人は、自分を正しいと信じられなければ生きられない構造の心を持っている。

自己肯定感、と言われるものだけれど。

この世という池で、飛び石が「正しさ」だ。

「正しい自分」を社会的に証明するためには、多数派が「まちがい」だと判断するものとは反対側に立っていなければならない。

池ポチャしないように、我々は見せしめを作る。見せしめをネガとして、自分をポジにする。

ビジネス書に「日々のあらゆる選択はより良い選択をするための訓練である」と書かれているのを読んだとき、腑に落ちすぎて感動した。

以後、醤油かソースか、瞬時に正しく選ぶ訓練を続けている。

そのような日々の訓練の末、マダム・タッソーで蝋人形を見ても、

「え？　マイケル・ジャクソンって生きてたの？」

と間違わずに済む看破力が身に付く。


「まちがいを探してください」そう言われわたしの人生再生される

53 種

香具師（やし）の売る「野原の種」を購（あがな）ひて寝たきりの姉の夢の中に蒔（ま）く

種の袋をシャカシャカ振ると安心する。

命のマラカス音だからなのだが、仮死状態と言ってもいい。

彼らは釈迦釈迦鳴っているのだ。

海外に行った人の靴の裏に付着した種が外来種の持ち込まれルートだと聞いたことがあるが、だとしたら『バック・トゥ・ザ・フューチャー』のあの博士は生態系を狂わせまくりである。

アーモンドやマカデミアナッツを食べていると、給油中の車の気分になってくる。

即効感で力が漲(みなぎ)る。

種はエネルギーを物質化したものだ。

力を保存したものだ。

植物の知恵の凝縮物である。

光合成が植物にしかできないことや、食物連鎖が植物からしか始められないことを考えると、我々動物はこの星の徒花で、植物こそが主人公という気がする。

だからなのか、「種」という言葉は漢字の字面的にも「重い」。

存在が、重いのだ。

存在の重さは、信仰につながる。

そして日本人は、「柿の種」というおかきを生んだ。

「柿の種専門店」があるくらい、日本人は柿の種のとりこだ。

形から「勾玉」と名付けていたら、こうも病みつきで食べ続けられなかったことであろう。

新発売の「この世の種」を蒔く場所は決められていて闇の中の穴

54

音楽としての短歌

ここからは個個の心のことだから声など消して言霊を乞う

右の短歌は、いま意識して五七五七七のそれぞれの頭を「コ」音で作ったものである（しかし観念的すぎる）。

ココナッツコカコーラ恋コンコース今年の夏はこのままがいい

これもコ音が五七五七七の頭だが、これでは昭和バブルの青春調である。

しかし音的にはコ音の頭韻で「ある種の統一感」が出て、音楽めく。

音楽とは調和のことだから。

促音（っ）、撥音（ん）、拗音（ゃ、ゅ、ょ）、長音（ー）は、それだけで音が楽しい。

だから音楽だ。

『ハリー・ポッターと賢者の石』は日本語訳タイトルだが、促音、撥音、拗音、長音、すべて入っている。

早口言葉も音楽だ。

「東京特許許可局」はマーチのリズムで延々と、小太鼓で繰り返し演奏したくなる。

「赤巻紙青巻紙黄巻紙」は鉄琴で奏でたい。

「ピッツァ」はピッコロで、「タクラマカン」は木琴で、「如意棒（にょいぼう）」はトロンボーンで演奏したい。


よき人のよしとよく見てよしと言ひし吉野よく見よよき人よく見つ

（昔の立派な人が良き所としてよく見て「よし（の）」と名付けたこの吉野。立派な人である君たちもこの吉野をよく見るがいい。昔の立派な人もよく見たことだよ）

天武天皇が詠んだと言われる万葉和歌だが、几帳面な押韻がまるでラップである。


ソーダには空が注がれ相談は素数のごとく疎外されてる

わたしとはほとんどが水水ゆえにゆれるきらめくながれ消えゆく

キュウリは体内の96・2％が水、人体は60％が水だ。

保水力王者キュウリに対し、液体であるはずの牛乳の水分はたったの88・7％。

固体のほうが液体より水分が多い（笑）。

キュウリの正体は明らかに、キュウリではなく水だ。

人間の正体も、半分以上は水だ。

冒頭の短歌は「マイ方丈記」である。

「体内水めぐり紀行」とも言える。

ゆく河の流れは絶えずして、しかももとの水にあらずな、わたしの体およびわたしの無常ソング。

こうなってくるともう、わたしとは、水だ。

水が考えたり、思ったりしているのだ。

「だるい」というのは「体の水分が多すぎる」ということで、「のどがかわく」とは

「体の水分が足りない」ということで、水の訴えに体が支配されている。

体とは、水王国なのだ。

バスタブやプールや海に入ったときの解放感は、体内の水の解放感だ。

人間は水に抱かれて生まれ、水を飲み、水を出し、水のための一本の管として、水に仕えて一生を終える。

「体験したはずの記憶」は、液状化して水に流される。

わたしはもし何らかの宗教に入るなら、水教にする。

「水色」は水の色ではなかりけり透明な例えれば光色

56 匂い

石鹸（せっけん）の匂いをさせてあの人はこれから好きな人に会いにゆく

匂いとは、イメージではなく物質である。

光源氏の残り香が……などと『源氏物語』では書かれるが、翌日もそう感じたとしたらそれは恋ではなく、鼻の内部の粘膜に匂い物質が付着したままだからである。平安時代に鼻の内部がどのようにケアされていたか分からないが、鼻うがいを数十回以上行なわなければ匂い物質は除去できない。

「熟したメロンはセメダインの味がしてダメ」と訴える人が一定数存在するらしい。セメダインを食べたことはないのだろうから、正確には「匂いが似ている」と言いたいのだろう。

「パクチーはカメムシの味がする」という訴えも同様である。

匂いは味の一部なのだ。

風邪をひいて鼻が詰まっているとき、「味がしない」と感じる。

美味しいかどうかのファーストジャッジは、舌ではなく、目と鼻が下す。

プリン＋醤油＝ウニが成り立つのにも、匂いが一役買っているはずだ。

水仙の匂いを嗅いで「トイレの匂いがする」という訴えは、水仙にしてみれば「なにその逆プルースト効果（紅茶に浸ったマドレーヌをきっかけに壮大な回想が始まる、マルセル・プルースト作の小説『失われた時を求めて』に由来）。トイレの芳香剤があたしを真似したのであって、まったく本末転倒」と憤慨したいところだろう。

くさや、ドリアン、ラフレシア、臭豆腐、シュールストレミング（スウェーデンの塩漬けのニシン）が「くさい」ラスボス5らしいが、これらを実際に嗅ぐと、「鼻が死ぬ」そうである。

刈りたての草の匂いのする人のミステリーサークルめいた旋毛(つむじ)

57 ストロー

ト音記号の形のストローの途中に残された夏、白いカルピス

ストローの穴は一つか、それとも二つか。

海外ネット民のあいだで、そのような議論が白熱したそうである。

「花瓶は下が閉じている。穴は上の一つだ。下を開けたら穴は二つになる。だからストローは穴が二つだ」という意見と、

「穴というのは開いている場所のこと。だから、ストローの穴は一つだ」とに分かれた。

「おれの体はストローのような一本の管だ。口と肛門、二つの穴があると言えるだろうな」という一人の意見で、「ストローは穴が二つ」に軍配が上がるようなムードが流れたらしい。

これは「穴とは何か」という、穴の定義をめぐる問題だ。

日本語の「穴」の定義は「①物の表面に出来た、深いくぼみ。②反対側まで突き抜けた、空間」。

①が花瓶で、②が人体の管だ。

ストロー自体は②の構造で「穴は一つ」だが、何かが途中に詰まったら①の構造になり、「穴（くぼみ）は二つ」になる。端に何かが詰まったら、①の構造で「穴は一つ」のままだ。

宇宙はそれ自体が時空穴だが、ブラックホールは宇宙に開いた穴なのか、閉じた球なのか。

穴が極まると、球になるのかもしれない。

曲がるストローの蛇腹（じゃばら）部分を曲げるとき、今を自分に引き寄せる感じがする。

そして、曲学阿世（きょくがくあせい）という四字熟語が浮かんで、気楽な気分になる。

ストローでシエスタを吸う南国の昼下がりのふふふふふふを吸う

58

地名

さんぽして〈光が丘〉に分け入るとどの庭も光を栽培中

名は体を表す。

ならば「光が丘」は光を栽培しているのだろう。

光が丘、緑が丘、虹が丘、自由が丘。

それぞれの丘ではそれぞれ、光、緑、虹、自由が栽培されている。

大学生のときに知り合った男子学生のことを好きになってるっぽいと思ったら、「茨城県つくば市花畑」という彼の住所の「花畑」に好意を抱いただけなのだと自己分析が脳内で行なわれて心の花畑が萎(しお)れた。

「サラダ」という地名があるが、漢字にすると「更田」で、急にレタス感が八割減である。

「天使突抜」という地名は、(天使に突き抜けられないところなどあったのか)と言わずもがなネーミングであり、天使の万能感が九割減である。

「物集女町」とは……!

紙袋や輪ゴムを「もったいない……」と集め続けてゴミ屋敷、な昭和の媼が住む町であろうか。

東京都西多摩郡奥多摩町に「雨降り」という地名があるそうだが、そこだけ常にエアポケットになっていて降水確率百％だったら、怖い。

静岡県に「月」という地名がある。

「月」の三キロメートル手前には、「月まで三キロ」と書かれた交通標識がある……。

標識の「月まで三キロ」あたりから次第に軽くなる地球人

59

丸い三角

なけなしの有り金つかみ笑い泣く重い軽トラで夜逃げする朝

「形容矛盾」とは、互いに矛盾する概念を合体させた言葉である。

「ゴム製の鉄板」「黒いしろくま」などがその例であり、このタイトルの「丸い三角」も冒頭歌も形容矛盾である。

日本語の「湯」の英訳は「hot water」だが、これを日本語に再訳すると「熱い水」で形容矛盾している。

「熱湯」の英訳は「boiling water」だが、この再訳は「煮える水」で、これも形容矛盾だ。

英語の水は0℃から100℃までだが、日本語の水は0℃から体温未満までで、体温から上は湯になるからだ。

0℃から下は両言語とも水ではなく、それぞれ「ice」「氷」と区別している。

個人的に「おっとり刀」は形容矛盾だと思っていたが、この「おっとり」はゆっくりという意味ではなく、「押っ取り」という漢字で書かれる、急に事が起こった際に刀を腰に差さず手に持ったまま行動を起こすこと、転じて、取るものも取りあえず急ぐ様子、だった。

形容とは他者への説明なのだから、形容矛盾とはきっと、親切心から出たおせっかいなのだ。

ただの「ビール」でよかったのに、ノンアルコールのほうがいいだろうと「ビール」に上乗せしたところ、「ノンアルコールビール」という、「実はないもの」が出現してしまったのだ。

イチゴ味饅頭があり饅頭味イチゴはなくて陸橋を渡る

60

分かる

「分かったの?」「分かった」今日も人々に分けられていてみじん切り世界

中学理科の教科書で「有機物・無機物」という分類を知ったとき、救われた気分になった。

（ああ、この宇宙には有機物と無機物、二つしかないのか）

と、複雑に見える現世が単純化、二択化されたように感じたからである。

何かが分かった気になった。

「分かる」とは、「分ける」ということだ。

逆に言うと、「分ける」と「分かる」。

白黒や紅白は一目で「分かる」「分け方」だ。

七三分けの人の頭は、世界が七対三で分けられることを代表的に示している。

地球の表面の陸と海。

仕事ができない人とできる人。

自分に満足してない人としてる人。

これらはすべて、七対三だ。

これを七対三の黄金比率と言うが、その比で分けると、世界はすっきりする。

つまり分かりやすくなる。

わたしは対義語が好きだ。

「混沌と秩序」「燃えるものと燃えないもの」「総合と分析」「冷静と情熱」「豆腐メンタルと鋼の筋肉」「森ガールと海ぼうず」「赤の他人と白い恋人」……。

その二者またはその二つの現象や形容しかないように感じられて、一瞬、分かりやすいように、錯覚できるからだ。


（あの人が分からない）などと思うときもう分けられないあの人とわたし

61 言葉にならない

句読点の句点をぷちぷち潰してく言葉にならない言葉の代わりに

コミュニケーションは「?」と「!」だけで事足りると思うことがある。

原始人は、危険か危険じゃないか、喰えるか喰えないか、の判断だけで日が暮れたであろう。

そのシチュエーションでは疑問符とビックリマークだけで足りたはずだ。

ある日本人の先輩二人のやり取りを翻訳すると……

〈推定時間：日の出〉

?　（これ何）

?　（どれ）

!　（これこれ）

!　（何それ）

?　（だから何）

？（喰える）

？（てか、毒）

！（うまそう）

！（いや毒だって）

？（そう）

！（そうでしょ）

！（でもうまそう）

？（喰うの）

！（だってうまそう）

？（喰うんだ）

……

……

！（うまい）

！（じゃあおれも喰う）

？（ええ）

！（いいじゃん）

〈推定時間：日　没〉

〆々仝§？#£&!!!……ヾ∇∽……、

……それはもうきっと、恋のはじまり

ものごころついたころからみぞおちの辺りに棲みついたかなしい魚

「ものごころ」という言葉に、幼い頃から引っかかっていた。
今も引っかかっている。
たぶん音的には、「ふるさと」に近い「音楽」なんだろうと思う。
「物心」と漢字で書くと、じゃあ逆は「心物」なのかと思う。
「物心がつく」と使うならば、「心物がつく」とも使うのだろうか。
なるほど、心物がついた物がある。
どうしても、捨てられない物たち。
あれらは、心物がついてしまったから捨てられないのだ。

ものごころがついた頃。
「外」が見え始めた頃。
しおりちゃんという子がいた。

川向こうに住んでいて。

わたしたち二人は、飼っていた手乗り文鳥を飛ばし合って遊んでいた。

しおりちゃんは、まるで鏡に映ったもう一人のわたしのようで。

わたしは、しおりちゃんのことを思うとわくわくした。

しおりちゃんはわたしを、いつも知らない場所に連れていってくれる。

双子の男の子と四角関係になってしまったのも、しおりちゃんとだった。

二人ともお兄ちゃんのほうに恋して。

弟のほうはしおりちゃんのことが好きで。

わたしはしおりちゃんには意地悪だったから、しおりちゃんが弟とくっつけばいいと思って。

抜け駆けした。

お兄ちゃんに口笛で「きらきら星」を吹いて。

しおりちゃんには決してできないことをして。

それでお兄ちゃんのこころを手に入れた。

しおりちゃんは、泣いていた。

わたしは見ないふりをした。

大人になって母に「そういえば……」と、しおりちゃんのことを聞いた。

「誰それ」

しおりちゃんは、音でしか知らなかったけれど、たぶん、きっと、「栞」ちゃんだったんだと思う。

わたしの。


「ものごころ植物園」に入ってくそこらじゅうで発芽するものごころ

63
○○用

〈業務用昼終了のお知らせ〉を避難用架空の街にて聞けり

食べられるか否か。

人類の歴史は、それをめぐる歴史と言ってもいい。

食用菊と食用蛙は「食べられると判断された食べ物」だ。

食用油、食用金箔、食用コオロギ、食用脳……。

これら「油」「金箔」「コオロギ」「脳」、そして「菊」と「蛙」も、もともと、人の食用ではなく別用途か、人用ではない自然物だった。

つまり菊も蛙も、もとは食用などではない。

菊は彼岸のときにお墓に供えられたり、菊人形などにされたり、蛙は解剖用に使われたりして、ただ存在しているだけではなく次第に有効利用されるようになった。

そのあとに、「食用」というフェーズがやって来る。

菊人形や解剖でもだいぶ無理があったが、菊と蛙は身近にありふれている。

そして、危険を冒さず簡単に入手できる。

菊と蛙はまるで、人のために存在しているかのようだ。

毒がなく、素直で愚鈍でほとんど「置き物」。

食用にしない手はない。

ただ、キャベツほど、牛ほど、旨くはない。

つまりほとんど非常食用、娯楽食用である。

しかし、「いざとなればこれを食べればいいさ」というものが身近に自然に存在していることの、なんたる安心感……。

菊と蛙は日本人の友である。

ハワイアンブルーのかき氷用シロップを空を失いし世界へかける

64

記憶

認知症だという人が数えてる施設ぜんたいの引き出しの数

起きている時間のほとんどすべてを確認作業に費やしている人のドキュメンタリー番組を見たことがあるが、見ているこちらが疲れた。

（なんという時間の無駄なんだろう、あの人の記憶は蓄積しない、つまりあの人の人生は無意味だ）と徒労を感じたものだ。

わたしは、「蓄積した記憶」のことを「意味のある人生」だと思っていたのだ。

留まる時間が記憶になる。

記憶が発酵すると、意味になる。

記憶というのは脳内の在庫商品で、我々はそれらをときおり棚卸しして点検しつつ、新たな意味を付与しては自分の過去と未来を調整する。

「在庫」は保存が利かなければならない。

まだ新鮮な生ものである体験は、記憶にも、まして定番商品にもなれない。

いったん、自分工場で干物化しないといけない。

その体験に付随する、感情という水分を除去して。

体験に対する感情が過多だと、水分が多すぎて「動く」。

海藻を、せめて海苔にしなければ記憶にはなれない。

「パーティの体験」が記憶になりにくいのは、そこに高揚した感情しかないからだ。

脳内定番商品は、自分が子どもの頃の親との記憶だったりする。

干し貝柱みたいに乾燥しきった、自分と母をつないでいたへその緒が今もあるけれど、水（感情）で戻して煮込んだら、前世の記憶が煮出されて、混沌因縁スープになりそうである。

宇宙に閉じ込められた時間は、留まり続けて発酵し、神様の脳内で、意味ある記憶になるのだろうか。

わたしとか象の花子の記憶とか神様の脳の中でかがやく

65

似て非なるもの

齷齪（あくせく）とアクセルを踏む齷齪がだんだんアクセルになってく

「グッドラック！」

と英語で書くとき、いまだに緊張する。

「Good Lack!」

と書いたことがあるからだ。

「良い欠落を！」

祝いたいのに、呪いだ（正しくは「Good Luck!」）。

世の中には、荻原（おぎわら）さんと萩原（はぎわら）さんがいる。

荻原さんと萩原さんが同じクラスにいたことがあり、「はぎはあきだ」と自分に言い聞かせて区別していた。

「萩」という漢字には「秋」が入っているからなのだが、今でも萩原さんというと「はぎはあきだ」と無言で呟きながら書かなければならないことに、我ながら呆れる。

侃侃諤諤（かんかんがくがく）と喧喧囂囂（けんけんごうごう）の漢字とリズムが似すぎていて混乱したことがあり、「かんかんがくがくけんけんごうごう、かんかんがくがくけんけんごうごう」と唱えながら計八漢字を次々頭に思い浮かべる、という訓練をしたことがあった。

侃侃諤諤が「正しいと思うことをさかんに主張すること」で、喧喧囂囂が「大勢の人がやかましくしゃべる様子」なのだが、かんかんがくがくけんけんごうごうと唱えるわたし自身が喧喧囂囂なのだと気づき、二つはめでたく分離した。

しかし「似て非なるもの」を「似非（えせ）」と二音で表せるとは、熟語の圧縮力にひれ伏す。


そうめんとひやむぎは似て非なるもの二月と三月のあいだ辺りの

66
不思議四文字

〈天地無用〉のシールが貼られたところから天と地がじわじわ染み出ている

非常に身近な「交通安全」という熟語は、実は不思議四文字である。

「交通安全」という言葉は、たとえばわたしに（ああ、交通は安全なのか……）とうっかり安心感を与えてしまい、「火の用心マッチ一本火事のもと」のような注意喚起を促すことはできない。

本当はこの場合、「交通危険」と表示すべきなのだ。

わたしは「交通危険」と目に耳にすれば、ハッと右を見て左を見てまた右を見る。

「とかくこの世は」「とにかく今日は」などと使用される「とかく」「とにかく」には、「兎角」「兎に角」と漢字が当てられる。

「兎＋角」は「ありえない」を意味する「兎角亀毛（とかくきもう）」という四字熟語に由来している。

この当て字は夏目漱石が多用したことで広く用いられるようになったと考えられているそうだ。

「烏白馬角（うはくばかく）」も「兎角亀毛」と同じありえない「絵」で、意味も「ありえない」。

しかし、「麟角鳳嘴（りんかくほうし）」は「ありえない」の四つの掛け算なのに、意味は「めったにない」。非存在なものを全否定しない、幻絵画だ。

「牛頭馬頭（ごずめず）」はヘヴィメタルな「絵」だ。悪魔を誘う。

わたしは「あびきょうかん」を脳内で「浴び共感」と善意で変換していて、「阿鼻叫喚」という「絵」を見たときには無音ムンク叫びをした。

不思議四文字には生き物がよく登場する。

わたしはそれを「四字っ子どうぶつ」と呼んでいるが、今のところのお気に入りは、「蛙鳴蝉噪（あめいせんそう）」（やかましい、騒がしいだけで無駄な表現が多いこと）である。

電柱に「白河夜船製造所夜間工員募集」の貼り紙

67

省略

略歴に〈生まれて今も生きていて死ぬ瞬間まで生きている〉と書く

「ビフテキ」が「ビーフステーキ」の略だと教わったときは怒りに似た驚きに震えた。

「ビーフ」→「ビフ」

「ステーキ」→「テキ」

ビーフがビフは分かるとして、問題は、ステーキがテキという部分だ。

ビーフがビフならステーキはステキとなりビーフステーキの略はビフステキ、のはずだ。

省略というのはたいがい、シッポを端折るものだからである。

「あっちにある？」を「あっち？」

「熱い！」を「あつっ！」

「左様ならば」が「さようなら」

BLTはBacon, Lettuce, Tomatoの頭文字であり、「イミフ」は意味不明、

「ディスる」はディスリスペクト（尊敬しない）の後略である。

それなのに、ビーフステーキはビーステではなくビフテキだという。落語の「転失気(てんしき)」(「転失気」が屁のことだと知らず、高尚な何かだと思い込んでその語を使っていたら話が大袈裟に……)に似ている。

ビフテキを違法ドラッグのように感じた日もあったし、大人の性的道具のように想像した日もあった。

いずれにせよ、「子供には絶対隠したいくらい快楽なもの」という見当はつけていた。

それが、「焼き牛肉」、である。

馬の食肉をサクラ、猪をボタン、鹿はモミジ、と隠語で表すように、あまりに精のつく旨い獣は、隠しつつ食べなければバチが当たるのかもしれない。

すきですを省略できず失恋しガリガリ君に慰められる

丘の上のフランス窓のお家ではママンがマーマレードを煮詰めてる

ピクニック気分でスキップしながら行ける、見晴らしの良い場所。

それが「丘の上」だ。

「山の上」では厳しすぎて「登山道」という修業になってしまう。

「丘の上には何かすばらしいものがある」というわたしのイメージの源泉は、上田敏訳のカール・ブッセの詩、「山のあなた」である。


山のあなたの空遠く／「幸（さひわひ）」住むと人のいふ

わたしはこの詩を、丘の上から山のあなたへ向けた憧れや祈り、と解釈していた。

しかし、詩の中には「丘」や「丘の上」という言葉はひとことも、出て来ない。

なぜ、憧れや祈りの発信地を丘の上とイメージしたのだろう。

日本語訳が文語なので、初めてこの詩を読んだ、あるいは聞いた時点では、言葉としては正確には受け取れていなかった（実際、言葉としては「山のあなた」を「山の遠く」

という方向ではなく「山のほうにいる（人の呼称としての）あなた」と理解していた）。

けれど、わたしが感じた（イメージした）のは、その訳語の意味するところのすべてだった。

それはつまり、言葉の持つ音が、その詩の世界すべてを表現しきっていた、ということなのだろう。

海外旅行をした際に現地の言語を知らず日本語で「助けて!」「早く!」「だめ!」と言ったら「通じた」という話を聞くが、これは、発した音に切迫感や拒絶が表現し尽くされていて、その音に内包された意味を相手が動物として感受したからであろう。「山のあなた」という音楽はきっと、わたしという丘の上から発せられた、ぎりぎり届きそうな、よって届かないかもしれない、だからせつない祈りだ。

丘の上でスプリンクラーが回ってる喉というより魂の渇き

69 ゼリーフライ

キラキラの比較級の表現としてゼリー、ジェリー、ジュエリーがある

「ゼリーフライ」という食べ物がある。

フライドアイスクリームやバナナチップスやフルーツサンドイッチのような、「デザートをなにゆえおかず的調理？」な食べ物かと思いきや、「銭富来」がなまったもの、と知ってユートピアが銭洗弁天になった。

「ゼリーフライ」こと「銭富来」は、「おからコロッケ」のことである。

まるで、「バンドエイド」こと「絆創膏」は「キズに貼るテープ」のことである、みたいだ。

または、「しばらく」こと「今川焼き」は「餡入り焼きまんじゅう」のことである、のようでもある。

同一物に対して呼び名がいくつもあるという点では、出世魚のごとし。

現物を見る前は「揚げたてアップルパイ」のあつあつトロリ感を想像して食後ムードな口の中になったが、見たら「白いご飯が欲しい空腹感」に襲われた。

「ゼリー」に騙されたのだ。

ゼリーと発音するだけで、天使を三人呼べる。

現実の苦さも、その半透明なキラキラ言葉でコーティングすれば、マイルドになる。

ゼリー残業。ゼリーニート。ゼリー増税。

ゼリーはゼロに似た、かけるとその本体の悪意をなしにしてしまう、キラーキラキラ言葉なのだ。

ただし「失恋ゼリー」などとゼリーを下に置くと、苦い現実をゆるく固めて保存してしまうので、要注意である。


「ベリーウェル」そう言う代わりに「ゼリーウェル」良きことはより美化されてゆく

閉園しアフリカめきたる動物園麒麟は灯台立ったまま眠る

「たべっ子どうぶつ」の輪郭はゆるい。

動物名が体に焼き印されていなければ、輪郭だけでその動物の種類を特定するのは至難の業だ。

ラインナップは哺乳類と鳥類と亀である。

パッケージの絵の中にはキリンとワニがいるが、キリンは首が長くワニは全身が長く割れやすいため、中身では選抜から外れている。

（へえ、コウモリって、BATなんだ……）

（ネズミはRAT）

（ヒツジはSHEEPか）

……脳内ひとりごとは続く。

好きなのは「OX」だった。

他は性別は関係ないのに、わさわざ「牡牛」というところに惹かれる。

ニワトリと牛のみ性別があり、雄鳥がCOCKで雌鳥がHEN、牡牛がOXで雌牛がCOWなのだった。

焼き印のOXは「オックス」とは読めず、「まるばつ」としか読めない。

「○」と「×」の二択しかない正義漢な牡牛を、食べていいのか悪いのか。

また、OXの上にFが付いているFOXはやはりずるくて……と考えるのはイソップ物語による洗脳なのか否か……。

考え出すと、たべっ子どうぶつを食べている暇がない。

「たべっ子水族館」も存在しているらしいので、早晩「たべっ子にんげん」が発売されるのだろう。

獣道分け入ってゆく指先が永久(とわ)の泉をさぐりあてて る

パン教室はイースト菌を吸い込んでみりみりみりみり膨張してる

71

菌類

助詞は菌類である。

わたしは、とすぐ「わたし」にくっつき、まるで「わたし」であるかのごとく泰然としている。

「白亜紀の」「ＡＩは」「カビキラーに」「羽生結弦も」「レッドブルや」と何にでもくっつき、そして離れない。

どんなに手を洗っても無菌ということはないらしいが、それは、どんなに凝縮された詩にも助詞が含まれていることに似ている。

行の最後が体言止めでも、その上に、助詞はいる。

「出雲ぜんざい味のポテチ発売」にも、かろうじてひとつ、「の」が潜んでいる。

「今日ポテチ発売」にも、不可視の「が」が、「ポテチ」と「発売」のあいだに潜伏している。

しかし、たとえばただの名前の羅列には、絶対的に助詞がない。

ポルトガルシュトゥットガルトブダペストアウフヘーベンアフガンハウンド

右の短歌（のようなものは）、音的には五七五七七だ。

しかし、これは厳密には短歌ではないと思う。

風景と情景が違うように、名詞の羅列と短歌とは違う。

短歌には作者の思いが必要だとよく言われていて、もしそうなら、それを表すには助詞が必要だ。

助詞には無機物（単語）をつなげて有機物（思い）にするネジのような機能がある。

ネジもひらがなの助詞も、存在の仕方と見た目が顕微鏡でのぞいた菌類に似ている。


パンの黴を顕微鏡で見る我が脳の脳神経のごとき美しさ

72 アイムカミング

「あの亀は死んでいます」とアキレスは40億周目のウサギに告げる

英語で「予定調和」は **pre-established harmony** と言う。

pre（前もって）**established**（築かれた）**harmony**（調和）。

直訳というか、日本語と同じ部分イメージをつなげればいいので分かりやすい。

しかし、たとえば「アイムカミング」である。

英検にもよく出題される問題で、わたしは個人的に重要視して「アイムカミング問題」と呼んでいるが、英語に触れ始めたばかりの日本人は選択肢で、逆の（ひっかけの）「アイムゴーイング」を選んでしまう。

選択問題のシチュエーションは決まってこうだ。

ダウンステアーズからマムがドーターのリサを呼ぶ。

“Lisa! Dinner is ready!”（リサ！　夕飯ができたわよ！）

“Yes, Mom! I'm...”（はい、ママ！　今……）

のあとである。

英語初心者の日本人は（出発点から）目的地へ「行く」と認識するため「ゴーイング」を選んで×になるが、英語圏では（目的地に向かって）「来る」と認識するため「カミング」が正解である。

なにか、人の口から出た「カミング」という言葉がその人体より先に目的地に到着してしまい人体を待っているかのようなイメージをわたしは抱くが、多民族国家の契約社会の先払いのような、敵かもしれない他者への安心感の付与なのかもしれない。

わたしはこの問題に触れるたび、サムシングワンダー（何か不思議）な気分になる。

おそらく、人以外の何かの気配を感じるからではないだろうか。

簡単に言ってしまえば、神のような。

目的地から人を引っ張る何者かを、「アイムカミング」は予兆させるのだ。

わたくしは行くつもりですその場所へ既にすべてが決まった未来へ

73 比喩

空腹の愚かな賢者のようだった叶わない恋に落ちざるを得ずに

「その人」の写真を見たとき、「目が合った」と思った。

その日の射手座の星占いに、「スーツを着た人と目が合って、ぴぴぴと来たら運命の人です」とあった。

写真の「その人」は、スーツを着ていた。

運命の人だと思い、会うことにした。

「その人」は、先生だった。

詩の表現技法の先生だった。

「私は私の人生が詩だから、詩人になり損ねた。あなたは詩人になりなさい」

「あなた」とは、わたしのことだった。

苔桃色のリボンの付いた、金縁の豪華な箱を開けたらバラバラに割れていたチョコレート、みたいなショックだった。

(もう先生の人生は詩なのか……)

わたしは、哺乳類から例外扱いされたカモノハシのように打ちのめされた。

その夜。まっすぐ帰宅できず、街をうろついた。

冬眠できない熊のように怠かった。

けれど、また先生に、会いにゆく。

傷に63%の食塩水をかけるように。

「比喩は詩の命です」

先生は瀕死のレオナルド・ダ・ヴィンチの遺言のごとく言った。

「あなたのネガとポジを、逆にしてごらんなさい。

ふだん見えない何かが見える。

それが詩です。

そこで見えたものを、そのまま描写なさい。

それは、人類初のあなただけの比喩になるでしょう」

わたしは、そうした。
わたしのネガとポジを逆にした。
世界の箍（たが）が外れた。
夜が流れ込んできて、わたしの中でしくしく泣いた。
わたしは夜を慰めた。
すると、夜は癒されて輝き、消えた。
そこは無だった。
わたしは、死んだみたいだった。
目が開かない。
生まれる前の受精卵のように。

その中で悪魔が髪を洗いつつハミングしているような一秒

74
脚本

（犯人は誰も憎んでいなかった自分を憎んでた）ト書にあり

大学では放送研究部でラジオドラマの脚本を書いていた。

何か新しいドラマを作りたいと思いつつも、いきなり向田邦子を超えるオリジナルが出来るわけがないと、「独自の組み合わせ」を行なうことで他にない脚本が生まれるのでは、と試みた。

取り組んだのは「会話文は英語で、地のナレーションは古い日本語で」というものだった。

たとえばこんな調子である。

「ロングタイムノーシー！」（お久しぶり！）

節子の頬は紅き潮(あかうしお)であった。

「イッツアスモールワールド！」（世間は狭いですね！）

比留間は心の内が漏れぬようにと細心の注意を払いつつ、美しすぎる節子の髪の一本一本を愛しい心持ちで眺めた。

「ウィーマストキープインタッチフォーエバー！」（我々は永遠に連絡を取り合わないとね！）節子は己に誓うかのように、その言葉を比留間にブーメランのごとく投げたのであった。

聞いていた帰国子女の先輩たちも、海外経験のない部員たちも、笑うだけであった。

つまり、ちぐはぐということである。

味噌汁にドリアが浮いているような。

地の文と会話文は、同じ料理でなければならない。

（そこでⅠは完全に消える）と書かれたト書に従いわたしは消える

75

同心円

年明けのバウムクーヘンは太りて年輪をひとつ増やし黙り込む

渦巻きと同心円が別物だと知ったのはいつだっただろうか。

蚊取り線香は渦巻きであり、ダーツの的は同心円だ。

台風は渦巻きだが、等高線は同心円だ。

渦巻きは時間の経過を感じさせる。

対して、同心円にはめまいを感じる。

渦巻きと違って同心円には始まりと終わりがなく、同じ時間の反響が続いているように見えるのだ。

エコーのような。

「渦巻き」というとギャグ漫画のタイトルだが、「同心円」だとシリアス漫画のそれだ。

バカボンのほっぺたにあるのも渦巻きであって、同心円であってはならない。

伸び縮みする携帯用コップがあるが、あれは同心円の構造で、渦巻き状だと漏れる。

龍安寺の石庭になぜこんなにも惹きつけられているのかと考え、最近になってこれも砂紋の同心円ゆえと結論が出た。

十五個のそれぞれの石の周りに、波紋に見立てた白砂の砂紋があるのだが、この砂紋は、花園大学の学僧の方たちが鉄製の砂熊手で修行の一環として描いているのだという。

砂紋の同心円によって、その円の中心にある石がまったくの静寂に浸っているように見える。

瞑想によって得られる、個々の脳内の真空宇宙の無音。

その、しんとしきった無の中心に落とされた、ビッグバンの一粒の種、を感じる。

同心円の中心はどこも盛り上がり誰かがただいま入水したばかり

（みんちょうたい）と読み始めたらちがってた「明朝体に残るか不安」

タイトルの「G線上のマリア」は、バッハの「G線上のアリア」の見間違いまたは聞き間違いだ。

日本の伝統的定番聞き間違いといえば、「ふるさと」の歌詞、「うさぎ追いし(#美味し)」であろうか。

「恐怖の味噌汁」と聞いて闇鍋のようなものを想像したら、「今日麩の味噌汁」でほっとしたり。

音情報の誤変換だが、ネットで有名な視覚情報の誤変換に「この先生きのこるために」がある。

ぱっと見、「この先生」が「きのこる」という行動をするために……と脳が情報処理するが、これは漢字の固まりを意味の固まりとして見てしまうためで、発言者の真意は「この先、生きのこるために」である。

空耳という言葉にくわえ、「空目」という言葉もあるそうだ。

空耳は「聞いた気がしたけれど気のせいだった」、空目は「見たような気がしたけれど気のせいだった」という幻ワードなのだが、森羅万象すべては空耳空目なのでは、と思うことがある。

たとえば、「この地球が出来た確率は50メートルプールにバラバラに解体した時計の部品を入れてかき混ぜて再び時計が出来上がる確率と同じ」などと聞いたときに。

そんな気分に、マグリットの絵はマッチする。

あの、空に浮かんだ巨大な岩石は、幻かもしれない宇宙や我々の存在の比喩だ。

「甘いね」と確かめ合って食べすすむサバランは幻の結晶の味

77

さんたんたる鮟鱇

「ポンカン」は柑橘類というよりはケンケンパ、の最後の一歩

「さんたんたる鮟鱇」は、室生犀星に「現代詩の一頂点」と評された詩人、村野四郎の詩の題名なのだが、とにかくすごく、「リズム」だ。

さんたんたる鮟鱇！

まるで「絢爛豪華なピンポン」みたいだ。

共通するのは「ん」の音の使われ方である。

「○ん○ん☆☆○ん○（ん）」と、ネギマのごとく「ん」が一音ごとに挟んである。

「どんでん返し」も、少なくとも二回は前転している。

「○ん○ん……」と撥音「ん」を挟んでゆくと、回転のリズムが出るのだ。

「どんと焼き」も、「Don't 焼き」ならば主目的「焼く」を禁じられた遊びなのに、どんどん焼いちゃいたくなるリズムがある。

ごたんだ（五反田）は、下駄でスキップしたくなる。

らんかん（欄干）は、その上を弁慶風にポックリでステップしたくなる。

「トントン拍子」と唱えると、本当に物事が倍速で進みそうである。

〈シロカニペランランピシカン〉

この表記を初めて見たとき、何だか分からないけれど神聖なものを感じた。

のちにこれは、アイヌの神謡「カムイユカラ」のシマフクロウ神の謡（うた）だと知った。

音は意味を持つのだろうか。

〈シロカニペ　ランラン　ピシカン〉の意味は、

〈銀の滴　降る降る　まわりに〉である。

極寒のピシピシした、アイヌの雪模様という感じがする。

比べて〈雪やこんこん　霰（あられ）やこんこん〉は、本州の雪模様だ。

ピシピシというより、もっと緩んで水気がある。


しゃんしゃんと天から使いが降りてくる金銀の鈴を振り撒きながら

教室の窓際の席に座る人百万に一人空の生け贄

78

生け贄

いけにえ【生け贄・犠牲】

神に供える生き物。人や物事のために生命などをなげすてること。

「人身御供（ひとみごくう）」を、大学生になっても「瞳悟空」と誤変換したままで、「孫悟空の関係のキラキラした何か」だと思っていた。

真実は、昔、橋などを作るときに、（無事に出来上がりますように、そのあいだ神様がお怒りになったりしませんように）と神様へのご機嫌うかがいとして捧げる、生け贄（人の命）のことである。

未確認飛行物体がＵＦＯ（Unidentified Flying Object）なのだから、人に写真を撮られて確認された段階でそれは未確認ではなく確認飛行物体であり、すでにＵＦＯではなく「ＩＦＯ」（アイフォー：Identified Flying Object）なのだが、ＵＦＯとは実は、「神様から人間への、御歳暮みたいな生け贄」なのではないか、とわたしは考えている。

神様だっていいかげん、

（ごめんね宇宙なんてものに君ら人間だけ閉じ込めちゃって。もう気づいてると思うけど、脱出方法とかないから）

と、懺悔（ざんげ）したい気分なのではないかと想像するのだ。

そしてそんな仕打ちの詫びの印、または相似的脳の持ち主への親愛の品として差し出してきたもの、それがUFOという生け贄なのではないか、という説である。

チュパカブラ然（しか）り、ネッシーも、鎌鼬（かまいたち）も鵺（ぬえ）も、神様の側からの生け贄である。

それらを全種類コンプリートしたら、この宇宙カプセルをくす玉のように割って祝福してくれるのだろう。

「ガチャガチャのカプセルの中に生け贄のフィギュアが全種類入ってるから」

無表情、鳥顔で両手を広げる飛べないロケット太陽の塔

79

岡本太郎とムンク

「表情」という意味で、「太陽の塔」とムンクの「叫び」は芸術である。

モナリザの微笑、ゴッホの自画像の絶望も有名だが、太陽の塔とムンクの叫びほど、消えない醤油染みのごとく我々に残るものはない。

ダ・ヴィンチもゴッホも良心的なのだ、あの二人に比べれば。

その二人、こと岡本太郎とエドヴァルド・ムンクは、一線を越えている。

二人には毎日のパンの舌触りなどもはやどうでもよく、表現の直情性（表現者の感情がどれだけじかに受け取る側に伝わるかということ）のみに、日々全力全時間を注いだことであろう。

二人にとって、「受け取る側」とは神である。

我々は二人の宗教行為の残骸を見せられている、または見せつけられている。

「太陽の塔」と「叫び」は、遮光器土偶（しゃこうきどぐう）に似ている。

二人の作品は、縄文土器に似ている。

あのデフォルメ具合。

あの信仰具合。

岡本太郎にはめらめらの真っ赤な焔（ほのお）が、ムンクには寒寒とした青白い炎が、ゆらめき取り巻き、やがて二人を焼き尽くした。

我々は、二人の一瞬の信仰を作品を通して見る。

「太陽の塔」は神に追いつき、「叫び」は神を信じられないと非難している。

そうしてその作者自身の表情は、かたや目を剥いた、神への威嚇（いかく）であり、かたや無気力な、神への失望である。


爆発と叫びから音が消し去られ無音とは永遠の一瞬化

80 ベン図

円と円愛し合うとき重なった部分は円か凸レンズになる

かつて「トマトは野菜か果物か」というCMがあり、うっとりして仕方なかった。

たぶん、(詩みたいだ) と感じたのだと思う。

二つ以上のカテゴリーが重複する集合を図式化したものを「ベン図」と言うが、あの重なった部分、集合が二つの場合だと「蝶の胴の部分」、あそこが詩だと思う。

男女が入れ替わってしまう作品がたくさんあるが、あの「性別の境目の重なり」が、詩だ。


つまり固定しきっていない、半生なエリア。

朝鮮半島の三十八度線あたり。

冬虫夏草という漢方薬。

動物性で植物性なミドリムシ。

横浜にある中華街。

おじいさんなのかおばあさんなのかもう分からない百一歳。

緑色の青信号。
木なのかクラゲなのか一瞬不明なキクラゲ。
竹は木ではなく、草なのだという。
竹には年輪がないからだそうだが、だとすると「竹林」は矛盾した熟語である。
「草林」とは言わないわけで、草がたくさんあったらそれは「草原」だ。
だから竹は、ベン図の蝶の胴だ。
だから竹は、一行の詩だ。
だから人は、竹林で首吊り自殺ができない。

光色が重なり無色になるように生物で無生物なのがあの世

81

公園

公園は住所のアリバイとしてある空気で造られた直方体

英語の教材の例文にやたら「park」が出てくる。

みんな何かというとparkに行き、parkの中で走ったり犬を散歩させたり野球をしたり遊んだり、歌の練習をしたり話し合ったりピーナッツバターとジェリーのサンドイッチの朝食やBLTサンドイッチのランチまで、食べている。

こうなるともう、公園は世界だ。

公園が世界だ。

おそらく逆に日本語教材の中での日本人は、やたら茶を飲みやたら畳マットの部屋でやたらポライトに談笑しているに違いない。

学生時代に訪れたロンドンで、入った公園は偶然なのかどこも日陰で湿っていた。

ロンドンがそういう気候なんだよと言われればそれまでだが、鳩とホームレスの人と絶望者がいたことは、日本の公園と同じだった。

シカゴの「Saturday in the Park」で歌われているような、陽気で平和で前向きな公園は、この地上には実在しない。

何に対しても開かれた場所はすぐに、この世に漂流する魂を宿してしまうからだ。

公園とはなにか、「無いことの証明」のように感じることがある。

人が「公園」と言うとき、実はどこも明確にはイメージしていないのではないか、と思ったりする。

「ここではないどこか」のことを、人はときに

「こーえん」

と発音するように感じる。

「公園で待っています」とメールする永久不在同士の関係

82

中身

脳、スイカ、中身の見えぬ閉じた球ノックをすると誰かいる気配

晩夏光おとろへし夕　酢は立てり一本の壜の中にて

この一首は幻視の女王と言われる葛原妙子の歌だが、初めて読んだとき、その酢の存在感の表現に感嘆した。

「酢が立っている」って。

透明な液体だからこそ、ミラクル感が漂う。


春あさき郵便局に来てみれば液体糊がすきとおり立つ

この大滝和子さんの歌では、液体糊（のり）が立っている。

これも「不可視の可視表現」歌だ。

ソースや醤油やスープといった不透明な液体では、このミラクル感は出ない。

この二人に憧れて作った不可視可視歌がある。

サイダーはつぶやいている海色の硝子の瓶の形に立って

鋳型と鋳物の関係は、どちらもが、もう片方の造物主だ。
相手のために己があり、己がなければ相手の存在理由はない。
「中身が液体」の場合、液体の性質上、相手の輪郭が己である。
だから酢は、壜形の体になる。
中身の液体が立っている例はほかに、水族館の水槽がある。
あれも、水が立っている。
強力なアクリルガラスを容器として。
我々は水族館に、水を見に行く。

閉じられて存在してる時空間宇宙の中身として息をする

目と耳と口失ひし王様が「聖」といふ字になった物語

大人になって初めて書いてみた小説は、「聖書」というタイトルだった。

耳と目と口（聴力・視力・声）を失ったエスペラント国の王様に、従者の娘の、同じように耳と目と口を失ったマリアが、本の内容を点字で読み取り指文字で王様の左腕に伝えてゆく、というものだった。

耳と目（耳の一部）と口と王で「聖」という字が出来ていることからイメージを膨らませたつもりだったのだが、着地点を定めて書き出したためか、ぎこちなさすぎて、間違って出来たジグソーパズルのようになってしまった。

世界共通のエスペラント語という構想に興奮して、もしも「エスペラント国」があったら、とワクワクして書いたのだけれど……。

聖書はハリー・ポッターを超えるミラクルファンタジーなのだろうけれど、奇跡が、たとえば自殺の抑止力になりうるのだろう。

自殺をする人は、「現実」に失望したのだから。

ここではないどこかへ行きたいのだから。

だから、地動説などなかった時代にこのような物語を書いた人がいたことが、救いになるのではないだろうか。

二十代の頃、「ホテルの机の引き出しには必ず聖書が入っている」と聞いたことがあるが、それが「一日一万円の死体洗いのバイトがある」同様の都市伝説だったとしても、ある日、その話を耳にしたことのある自殺志願者がホテルの引き出しを開け、そこに実際、聖書が入っていたとしたら、（ツチノコいた……）的感覚になるのではないだろうか。

そして一瞬、奇跡的な気分になり、自殺を延期するのではないだろうか。

「この現実」の抜け穴みたいな誰かの企みに、ほっとして。

一文字も読まれず置かれた聖なる書聖書は置き薬箱の隣り

幸福は抵抗をやめた降伏の甘い敗北抜かれたる牙

84 幸福

右の歌は、短歌を作り始めたばかりの、今から七年前の自作である。

ひとことで言って、硬い。

けれど幸福と降伏が実は同音同義語だとは、今も感じる。

子供の頃からふわふわのハッピーエンドに懐疑的だったのは、「楽なことは幸福ではない、降伏だ」が、わたしの通奏低音として常にあったからだと思う。

本当の幸福に自らたどり着くんだとずっと思ってきて、途中で息切れしたこともあったけれど、今も、その炎が消えていない。

言葉は、ただの音や形ではない。

その言葉が指すもののありかを教えてくれる。

幸福ではないものは、幸福とは名付けられない。

不幸に幸福と名付けても、その実態が名前をしりぞけるか、あるいは名前が幸福ではないものに定着できず、滑り落ちる。

だから言葉は信じていい。
というか、言葉を信じる以外に、我々が信じられるものなど実はないのだ。
信じるべきものは、すべて言葉になっている。
そして、言葉になろうとしている。
言葉は、この世の元素だ。
わたしが幸福を望むなら、わたしは、幸福という言葉を信じるのだ。

ゴーフルは幸福を体現している哀しい口にゴーフルを配る

あとがき

今から九年前の春のことだった。
気持ちが体からあふれてあふれて、どうしようもなくなった。
それは決して悪い感情ではなかった。
むしろ一般的にはよろこばしい類いのものだった。
しかし、量がいけなかった。
「花吐き病」とでも言えばいいのだろうか。
見えない花を、わたしは終日吐き続けた。
それは体内の気を奪うもので、わたしは次第に、気を失いそうな状態になっていった。

そんなときに、わたしは短歌を「吐いた花の器」に選んだのだ。

短歌は、「ちょうどぴったり」だった。

吐いた花の器が現出したことで、原因の吐き気も治まった。

短歌が、感情の器として機能したのだ。

「言葉にならない」という表現があるが、短歌は、言葉にならない引力のようなものを表現できて、かつ、それらを吸い取ってもくれる。

言葉にならない感情は、本人にとって手に負えない、さしあたっては過多なものなのだ。

持て余すものは、何か別のものに吸い取ってもらうしかない。

(恋愛はそのために存在する、と感じることがある)

そうすることで、溺れかけていた感情から脱出して、すっきりとした生活者になれるのだ。

わたしには、形而上的世界を愛する「宇宙酔い」の持病もあった。

「宇宙酔い」には哲学が効く。

哲学は、見えないけれどたしかに人類が感じているこの世の不思議を言語化して、人類脳同士で共有しようとする叡智である。

しかし、不可視不可思議を追い求めると、脳は酔ってしまう。

短歌は、このような過多な理性を受け止めてくれる器にもなりうる。

『神様の住所』は、短歌という器で受け止めた感情と理性を言葉にし直して、新しい世界の見方を探ろうとした試みの軌跡である。


花吐き病も宇宙酔いも寛解したかに見えたが、短歌とわたしの縁は切れずに、今年十年目のお付き合いになる。

二〇一四年から新聞歌壇への投稿を始めた。

その二月に日経歌壇に掲載されたわたしの宇宙酔い短歌「〈体積がこの世と等しいものが神〉夢の中の本のあとがき」を、この世でただ一人ツイートしてくださったのが、本書の編集者の綾女欣伸さんだ。

わたしは、「ただ短歌が並べてあるだけの歌集」や「短歌＝与謝野晶子的情念」というイメージに疑問を感じていた。

綾女さんとその点で発想がシンクロしたことが、本書誕生の種になった。

北半球一濃いメールのやり取りがあり、実際何度も面会するたびに多大なインスピレーションを受け、それらがこの『神様の住所』の言葉たちの養分になった。

本書が「花吐き病」と「宇宙酔い」で苦しむ、すべてのピュアな魂に届きますように☆∞

二〇一八年五月　宇宙の中心、または端にて　九螺ささら

九螺ささら（くら・ささら）

神奈川県生まれ。2009年春より独学で短歌を作り始める。2010年、短歌研究新人賞次席。2014年から新聞歌壇への投稿を始め、朝日新聞「朝日歌壇」、日本経済新聞「歌壇」、東京新聞「東京歌壇」、ダ・ヴィンチ「短歌ください」、NHKラジオ「夜はぷちぷちケータイ短歌」など掲載無数。趣味は時空遊び、好きな食べ物は光エネルギーとしての緑黄色野菜で、人体依存症。本書が初の著書となる。2018年8月には初の歌集も刊行予定（東直子監修、書肆侃侃房「新鋭短歌シリーズ」）。

ブログ「∞∞∞神様の住所∞∞」https://ameblo.jp/justaminutekamisama/

神様の住所

2018年6月11日　初版第1刷発行

著者　九螺ささら
装画・挿画　高橋由季
造本　吉岡秀典（セプテンバーカウボーイ）
DTP協力　大前水緒
編集　綾女欣伸（朝日出版社）
発行者　原雅久
発行所　株式会社朝日出版社
〒101-0065
東京都千代田区西神田3-3-5
TEL 03-3263-3321
FAX 03-5226-9599
http://www.asahipress.com/
印刷・製本　凸版印刷株式会社

ISBN978-4-255-01051-9 C0095